أن تكون
هامشيًّا

رواية

أن تكون هامشيًّا

سعيد أوعبو

دار جامعة حمد بن خليفة للنشر
HAMAD BIN KHALIFA UNIVERSITY PRESS

دار جامعة حمد بن خليفة للنشر
صندوق بريد 5825
الدوحة، دولة قطر

www.hbkupress.com

جميع الحقوق محفوظة.

لا يجوز استخدام أو إعادة طباعة أي جزء من هذا الكتاب بأي طريقة دون الحصول على الموافقة الخطية من الناشر باستثناء حالة الاقتباسات المختصرة التي تتجسد في الدراسات النقدية أو المراجعات.

الطبعة العربية الأولى عام 2022

الترقيم الدولي: 9789927155932

تمت الطباعة في الدوحة-قطر.

مكتبة قطر الوطنية بيانات الفهرسة – أثناء – النشر (فان)

أوعبو، سعيد، مؤلف.

أن تكون هامشياً : رواية / سعيد أوعبو. الطبعة العربية الأولى. – الدوحة، دولة قطر : دار جامعة حمد بن خليفة للنشر، 2022.

صفحة ؛ سم

تدمك: 978-992-715-593-2

1. القصص العربية -- القرن 21. 2. الروايات. أ. العنوان.

PJ7966.A26 A58 2022

892.7– dc23

202228355702

إهداء

إلى الزّلات التي أرغمتني على تغيير المسار،

إلى الهامشيّين الذين يصنعون المجد...،

إلى كلّ من تولّد من رحم المعاناة.

المحتويات

إهداء 5

شقاوة الرّحيل.. 9

العثرة الأولى.. 26

خروقات بغير عدلٍ 42

مغادرة حتميّة 59

محاولةُ انخراطٍ 65

ما يُضمَرُ في جوف الحرمِ.. 73

ضنك الترقّب 86

«مساسن» أو محاسن ومساوئ.. 94

خبايا جفونٍ.. 99

ما بعد المكيدة 109

صعلكةٌ و... 113

مقام ومقالان 128

محاولة إقناعٍ بالعدول.. 142

ما قبل الانكسار.. 149

7

شقاوة الرّحيل

رحلت الشّقراء. لم تقوَ على النّظر إلى حُزنِ عينَيْهِ ولم تتحمّلَ جَهْرَهما. هجرته مُكرهةً، وتركت له رسالةً نصّيّة تشي فيها باللّقاء، وعدلتْ فيها قصدًا عنْ لمحةِ الوداع.

رحلت كأنّها قد سحبت الأوكسجين من أنفه وعالمه، لم يعُد الفتى يقدرُ على الوقوف، فاستلقى في اليوم الذي تلا الرّسالة في الموضِع الذي كانت قد استلقت فيه، في إحدى ليالي الأنس. باحثًا عن همساتها، من دون جدوى. راوده سيلٌ جارفٌ من الذّكريات التي تقذفُه بإسهابٍ نحو حنِينها، يُقاومُه لكن من دون حولٍ لهُ ولا قوّة.

بعد أسبوع كاملٍ من مغادرتها، قصدَ محطّة «القامرة» للحافلات. هناك سيعلن بداية رحلةٍ بقلبٍ مفجوع. غيابُ سارة خلق منه جثّةً متنقّلةً لا روح فيها، جسدًا باليًا يخترقه الألم، ويشتّته الهمّ القاسي بفواجع الفُراق. لقد ترك هجرُ الشّقراء فراغًا يقضّ كيانه، ويجعلهُ كخرقةٍ أحرقتها شمس الغياب فتبلى. اختار الفتى أن يعلن لذاته طريق الرّجعة والعودة إلى بلدتِه بعد حرِّ القلب، بعد أن ابتُلي فؤاده بعشقٍ لم يضع في حسبانه أنّه غير خالدٍ.

تقدّم في صمتٍ، كأصمّ لا يتقن الحرفَ، بل تعطّلت من حلقه لحدّ الشّفتين مخارجُ حروفه. شاء العودة لعلّ الموطن يمسحُ عن قلبه ما لعقَه مِن غربةِ مَن كانت تصفّي الماء الآسن، ذهبت التي تجعل المكان حيّا. صارَ المكان مظلمًا مكفهرًّا يقتل الابتسامة، ويفشي القلقَ والعبوس.

اختار طريق الصّحراء الطّويلة طواعيّة، بعد أن تضاعف فشلهُ. فشلٌ لاحقٌ في كبح العشقِ، وآخر في بحثٍ مضنٍ عن مقعدٍ وظيفيّ كان ولا يزال في

حكم العدم. أتعبه البحث ونال من رجائِه. فلم تعد شهادتُه الأساسيّة تُجدي نفعًا، يراها أساسيّة لنفسها، وتحفظ الاسم لذاتها دون غيرها. يراها ورقة كرتونيّة لا ترقى لمصافّ الشّواهد التي تجعل قدمك تطأ إحدى المؤسّسات الرّسميّة، أمّا اللّغة العربيّة وشعبتها، فلم تعد تُسعفُ، لأنّها لم تعد تُقدَّس كما كانت سلفًا. لقد أُهملتْ بسياسة ماكرة، وأعدمت نصوص المتنبّي والهمذاني وقسّ بن ساعدة، لقد طُمرت وأُحِلّ محلّها لسان فارض الحماية بخطابهم، والاستعمار بخطاب الوطنيّ الحارقِ.

كلٌّ مستميتُ في التنقيبِ ينتهي، ولا غاية حُقّقَت منه، ها هو يستقلّ الحافلة، في رحلةٍ تمتدّ لاثنتيْ عشْرةَ ساعة. حافلةٌ مطّاطها المرن المعَدّ للسّفر يشتكي من الطّول والعرض، يُعارك الطّريق كعراك أولئك الذين تقاتلوا في الوحل من أجل القربان، يُصارع الطّريق ويجعلها عدوًّا، وحديدُها يتألّم من فرط تلك الحرارة التي تسقط عليهِ من كل حدبٍ. من محرّكها الذي ينفث حميمًا متهدّجًا، وما يستقبله من خيوط الشّمس التي ترشوه، سيسعدُ المطّاط بالانتصار عليه، بعد تمامِه في كلّ يومٍ، كما سيسعدُ الشابّ في ذاك اليوم.

في رحلةٍ حزينةٍ تعيسةٍ، رحلة لعينة، وانتظار أليم، يرثي حظّه اللّعين الذي يعانده، ويشيّع كلّ لحظاته المتدفّقة عسلًا في انكسارٍ تامّ الأركان.

في سهوه يستحضر سعد المُمكن والمستحيل. كانت غصّة الفراقِ والرّحلة لتتحوّل إلى متعة لا تنتهي، بين الطّريق وما بعد الوصول، لو كان يمسك تلك اليدين اليافعتين اللّيّنتين للشّقراء. تلكَ التي أهدته الحياة، وسَلبَتها منه خِلسة.

في سهوه، استحضرها حين جالسها في ذاك المقعد الجانبيّ الفارغ، فتنحني على كتفه تارة، ويبادلها بالمِثل تارة أخرى، في تناوبِ الاتّكاء، فيحكي لها عن أيّام اللّقاء الأوّل، وصدمة الغياب، بعد اللّقاء الجامعيّ العابر،

الذي جعله مفتونًا بالبحث عن صُورتها، في تلك الرّدهات كالمنقّب عن الذّهب في جبال عاتية شاهقة يملؤها جلمود الحجر الذي لا ينكسر. لكنّ سعدًا يُغفل أنّنا نصنع الأحلام كما نشاء، ويبدّدها واقع الأمر كما يشاء هو الآخر، في جدليّة بين الخفاء والتّجلّي.

عودةٌ للموطن ليستْ كالّتي تسعدُ الآخرين، في مسلّمات العودة والقناعة بالأوطانِ، حتّى وإن جفّت تضاريسها، وانعدم فيها الشّذر الخارجيّ، وامّحت على وجهها مقوّمات الحياة البسيطة.

غصّتُه لا تحمل سوى شرارة الأنين والنّواح. سفرٌ قسْريّ طويل. لكنّ الفتى يراه نقطة لمحاولة لملمةِ الذّات، لنسيان شيءٍ طفيفٍ من إرثٍ سارة، فهو يَعلم أنّه سيعيشُ مع الألم طويلًا، وسيخِزُهُ وينهشُ عظامه، ويُسَرِّع من عمرهِ، وتأتيه الكهَالة قبل وقتها.

كآبة طويلةٌ ستسكن في ثناياه المنشطرة والمتلاشية، كشظايا نارٍ أتعبهَا الْتهام النّيران. سيحارب ذاك الإحساسَ المجهول في كتمانٍ لئيم، إحساسَ الهجرِ الوعر الذي يأكل من جمال الذّات، كما النّمل الأبيض في كنه الخشبِ، يظهِر خارجه برّاقًا، ويهترئ جوفهُ من شدّة التآكلِ، أو كدودٍ يلتهم النّافق بنهمٍ إلى أن يمحيه. هكذا ولّى سعد، وهكذا لدغته لسعة الزّمن.

رحلةٌ بعمر الألفِ سنة انتهت أوزارها. رحلة كالّتي قطعها جلجامش بحثًا عن النّبتة، لكنّ بحثه عن خلودٍ سرمديّ تعذّر، بسبب لدغة أفعى. وسعد قطعهَا بحثًا عن هناء قلبٍ، كالذي يبحث عن نعيم الأيّام، وإزالة شقائه بعد آفة الهجرِ. ها هو ذا يطارد حلم النسيان كبديلٍ جاهزٍ، في محاولة أن يتناسى جَلَلهُ، ويقمع في صمتٍ صوتًا جهورًا مجلجلًا، يلعن به حظّه العاثر.

وصل إلى مدينة طاطا الهامشيّة الجنوبيّة الشّرقيّة. وصل أخيرًا بعد رحلةٍ مكّوكيّة، استهلّها في مساء الرّباط، وأنهاها في صباح طاطا، بداية اليوم التالي.

نزل من الحافلة وقد أنهكت صخرة سيزيف غير المرئيّة عاتِقه، صخرة الغمّ المضني والحزن الثّقيل.

وقف هنيهة، أحسّ كأنّه كان في عُمق زُجاجة موصدةٍ بإحكام، وخرج من عنقِها بعد انتظار حثيث. كأنّه خرج للتوّ من فجوةِ الجحيم الذي يخنق الأنفاس.

وطأ الأرض، وأطلق زفرةً محلّيةً، مُحيلةً على تأوّهِ النّهاية، وشُكر الله على الوصول. استقلّ بعدئذ سيّارة أجرة صوب مدشره. لم يقوَ على التّرجّل كثيرًا، تلك الدّريهمات القليلة التي ما يزال يدّخرها من دنانير المنحة الهزيلة ومن بعض «البريكولات»[1] التي يتورّدُ منها صيفًا لحفظ الذّات وصونها من عاديات الزّمان، ومن عدّة الجامعة التي لا تنتهي، ها هو الآن يرميها من دون حسابات ضيّقة كما كان يفعلُ. لم يعد يبحث سوى عن حضن الأمّ التي ستخفّف عنه همّه القاسي.

وصل إلى المدشر، وإلى تلك البلدة الصّغيرة، «آديس»؛ ذاك المأوى الأمين. نزل من سيّارة الأُجرة، لا يحمل سوى حقيبة ظهرٍ وكيسٍ بلاستيكيٍّ فيه بعض الأغراض، وشيء ممّا يثلج صدر الأمُومة، ويُنعش ذاك الرّكن الحميم، ولو تذكارًا تنشرح به الصدور، لكن في خلده ثقلًا لا يُبصَرُ، قد أرهقَه أكثر ممّا أرهقته تلك الأثواب، وما تكتنفُه حقيبة الظّهر، وما تحمله اليد من متاعٍ.

وهو يفتح درفة الباب في ذاك الصّباح الباكر، رفع عينيه وهو يلمح المرأة الّتي كانت تصنع الخبز في أيّام ترعرعِه وصباه، تلك الّتي ضارعت الزّمان ببسالةٍ، تناجي ربّها وتتضرّع: «اللّهم يا سامع دعاء العبد إذا دعاك، ويا شافي المريض بقدرتك، اللّهمّ اشفه شفاءً لا يغادر سقمًا، اللّهمّ ألبسه لباس الصّحة والعافية يا ربّ العالمين. اللّهمّ يا من تعيد المريض لصحّته وتستجيب لدعاء البائس، اللّهمّ إنّا نسألك بكلّ اسمٍ لك أن تشفيه، اللّهم نسألك بصفاتك العُليا

---

(1) من الكلمات الأعجمية التي تسرّبت للكلام الدّارج المغربي وتعني الأفعال الذاتية.

التي لا يقدر أحد على وصفها وبأسمائك الحسنى، وأسألك بذاتك الجليلة ووجهك الكريم أن تشفيه شفاء إن كان بعيدًا تقرّبه، وإن كان عاليًا تنزله، وإن كان مطمورًا تخرجه، وتعافيه بحولك وقوّتك. اللّهمّ يا من تعيد المريض لصحّته وترزقه العافية وتستجيب لدُعاء البائس، اشفِ فلذة كبدي. فوّضت إليك أمري وأنت السّميع بالمستضعف، والبصير بضعف العباد، أنزل رحمة من رحمتك، وشفاء من شفائك على هذا الوجع فيبرأ».

لمح عينيْها مغرورقتيْن بالدّموع، ربّما لشدّة تأثّرها بقدومه، أو للضيق الذي يُعايِشُهَا، وكرّرت فيما يشبه ختم الدّعاء: «أعوذ بالله وقدرته من شرّ ما أجد وأحاذر، اللّهم اشفه شفاء ليس بعده سقمًا أبدًا». كرّرتها سبع مرّات تباعًا.

كان يحاذيها وقد سمع الدّعاء في ذهول، وارتفعت دقّات قلبه، ونسي ما كان يحمله من همّ سارة، وهوَت معه خيوط عرقٍ باردٍ مُرفقٍ برعشةٍ غريبة. ظنّ أنّ الموجوع جدّه من جهة أمّه الذي قاسى ويلات المستعمر ونال منه الهزال. لكن لحسن حظّ الكهلِ الذي تجاوز القرن، أنّه مُنعمٌ بالعافية، وما يزال نشيط القلب كعادته، وكثير الكلام، ولم تنل من ذاكرته القويّة ملمّات الزّمن، ورغم بداهة تعب الرّكبة، إلّا أنّه يخبرُ الحياة، ويجاريها بحذرٍ بليغ. تنبّه سعد في هنيهة لعبارة مرّت على مسمعه توًّا، في تضرّع أمّه وهي «فلذة الكبد». لقد سمعها ولأنّ له أخًا واحدًا فإنّه المقصود غالبا: عابد؛ عابد صاحب البزّة العسكريّة أصيب بمكروه، ربّما، هكذا خمّن سعد. لم ينتظر عناق الغياب، حتّى أخرج لسانُه ما تحمِله قرارة قلبه: «هل أصيب عابد بمكروه؟».

انفجرت الأمّ بصرخة بكاءٍ كبركان متهدّرٍ، وهي تنظر إليه نظرة عطفٍ واشتياقٍ وابتهاجٍ. تشابكت لديها الأحاسيس وتخبّطت، وصارت ككشكول من العواطف المتضاربة، المتشاركة، المتشاكلة، المتعدّدة، الواحدة، المتناقضة.

أَلَمَّت بها صبابةٌ فجّرها غيابه لسنواتِ عجاف، واقفًا على حاشية البابِ، بعودٍ ميمونٍ من غربةٍ ماكرةٍ، سالمَ البدن، ينتظرُ ارتماءً طفوليًّا، وأَلَمَّ بها الخطب الجلل الآسي الذي لم تبح به قطّ، خشية سوء الاستقبال، أَلَمَّ بها الألم الذي يقطّب كيانها، ويجعل الحياة شظفة، لما حمله عابد من شظايا لَغْمٍ مخاتلٍ غادرٍ.

انتظر الابن أن تشبع الأمّ من قبضتها التراجيديّة التي يمكن أن تشفي نزرًا يسيرًا من غليل فراقهما لسنوات ثلاثة، حتّى أنّه لم يضايق أمومة العناق من أن تمارس هوايتها، رغم أنّ قلبه يكتوي بالقَلَقِ والارتياب بعد دعاء المريضِ الذي سمعهُ توًّا.

نطقت الأمّ بشكل مسترسلٍ، في نبرة يشملها النّواح والبكاء والأسى:

«عابد، عابد، عابد...»

لم ينتظر ما قد تسترسل فيه الأمّ، قطع ما كان يجمعهما أمام عتبة الباب، بعد أن خارت قواه، واعتراه وجلٌ رفع من وتيرة تسارع دقّات قلبه، وقد هوت عليه أوزارٌ لا طاقة له بحملها، لكنّه تحامل على نفسه، وأسرع صوبَ الغرفة الطّينيّة العلويّة، ليجد عابدًا مستلقيًا، وعلى جانبه عكّاز يتّكئ عليه كلّما أراد التنقّل، نظر سعد إليه، ولم يصدر صرخة الأسى، لقد كان كتومًا، كانت ذاته تستقبل جزَعًا مضاعفًا من هول ما رأته عيناه.

رأى الأخ مشوّهًا.

أخوه الأكبر لم تعد تظهر على وجهه تقاسيم ملامحه، رِجل شبهُ مبتورة، لم تعد تشبه الرِّجل، ما دام نصفها منشطرًا عن الآخر، بل صار نصف القدمِ ينذر باستحالة المشي إلّا بعد المعايشة، ما يزيد من محنته بين الجلوس والقعود. نظر سعد إليه ولمحَ أصابع يده منكمشة كأنّها تعرّضت لرمية لهيبٍ، أو كأنّها عُرضَت فوق سيخٍ على وقيدِ نارٍ متطايرٍ.

مرفقٌ لم يعد إلا كعظم الْتوى عليه جسدٌ ميّت، وفي شعره بقع صلعاء كأنّما اقتلع منها الشّعر بحدّةٍ، كبقع مُعتريَة شاسِعةٍ في غابَةٍ كثيفَة. أمّا الوجهُ فلمْ تعُد حُروفه برّاقة كما كان شأنها، بل صارت مُبهمةً، وتقاسيمُه، لا تظهرها سوى تلك العينين الزّيتيّتين اللّتين لا تكفّان عن إظهار روح الشابّ النبيلة. ينظر إلى ابتسامته، وإلى نظرة التفاؤل التي يرمقُ بها ما حوله، كأنّه سالمٌ غانم من حروبٍ خاسرةٍ بالتأكيد، هناك بين الحدود.

كفكف سعد الدّمع، وقال بأسى وشيء من النّواح: «ما بك يا أخي؟ ما الذي حصل؟ أين؟ ومتى؟ وكيف يا أخي... أخبرني».

أجاب عابد: «عدو الحياة، العبوة النّاسفة، إنّه اللّغم الملعون».

اللّغم هو العدو الأوّل الذي يترقّب خطوات ما بين الحدود، يراقب التحرّكات ويقتنص أنصاف الفرص ليفترس طرائده.

حكى عابد عمّا حدث: «لا يفارقني المشهد. أراه بين عينيّ كأنّني أعيشه اللّحظة. كنت أتحيّن دوري في المراقبة، في حدود الفصل بين الأرواح الشّقيقة، الشّقيّة، المتآخية والمتفرّقة في مدى العبث، اعتراني الفضول لعلّني أقترب أكثر قدرٍ ممكن من تربةِ منْ نُشَارِكُهم في التّقاليد والأعراف والسّلالة، فداهمني لغمٌ مزروع بعنايةٍ بين الرّمال وبعض نبات الصّحراء، هناك تفجّعت بما لحقني، أحسست بتطايرِ بعض شظايا لحمِي التي لم تعد لي بعد الانفجارِ. فقدت الوعي، لأجدني مرميًّا في أحد أسرّة المشفى. ذقتُ مرارة كلّ عابر لجدار الفصل، مترجّلًا كان أو تائهًا، عابرَ سبيل أو رحّالةً سائرًا من البدو، أو حتّى ذوات قواطع تبحث عن فرصِ نجاةٍ بين الحشائشِ. هناك تذوق المرارة حتّى وإن لم تكن طرفًا في صراع الإخوة الآدميّين وعقدتهما، في سجالٍ مجّانيّ أعضّ يديّ ندامةً أن كنت طرفًا فيه، حتّى وإنْ دفعتني النّوازع لتلبية نداء الوطنِ، قبلتُ النّداء كرهًا، وأقوم به وأنا أمقتُ نفسي، لأنّني أعلنتُ

من حيث لا أعلم امتداد صراع العرب-الأمازيغ، في أرض السّلام. لكن الآن -في ابتسامة الأسى- صرتُ مكبولًا، وجسدي لا ينفعُ لشيء سوى لتأمل الفراغ، والإيمان بالأمل لعلّ الغد يحمل خيرا».

ثم رفع سعد من وتيرة الدّموع الصّامتة، وسفلت أنفاسه التي اختنقت فيه لما سمعه، كأنّه يريد إعادة هضم ما يقع، وذاع في نِيَاحةٍ بعدها لعلَّها تهوّن على قلبه محن متواترة ضاربة في الاتّساع.

قام من مكانه سريعا لشدّة الألم، قصد الحمام، ليطلق شلّالات الدّمع التي كان يخزنها، فانخرطت مع الماء الضّئيل دون أن تُرى.

...

استيقظ في صباح اليوم التّالي، وألقى التّحيّة على عابد النّشيط، لم يفهم من أين يغترف ذاك التّفاؤل بالحياة، رغم ما لحقَه من تطاير في أشلائه باللّغم الملعون؛ استفزّته حيويّة أخيه فسأله: «من أين لك هذا العشق للحياة يا عابد؟ ألمك يزلزل كياني وأنت لاتزال تبتسم».

«لن أُعاكس الحياة، ولن أندبها، لن أترك لها فرصةً لتستصغرني أو تتشفى وتُقزّمني بازدراء. أعلم أنّنا حين نعاتبها تزيد عنجهيّةً وتصلّبًا. الحياة تتعالى كلّما اقتربتَ من إمساكها، وفي سنّتها تعلم أنّها زئبقيّة غير قابلةٍ للمسك. فما الجدوى من الترصّد والتربّص إذن؟ فما الجدوى من أن تصير ذليلًا في نَظرها، حين تستجديها ولا تهبك غير التّعاسة؟».

توقّف سعد وهو يستحضر هيامه بسارة، حيث سمع للتوّ درسًا في المقاومة والمجابهة، لكنّه يرى أن جرح الجسد أهون من جرح القلوب السّقيمة التي لا تُشفى. استطرد عابد: «لا شيء أوجع يا أخي من فُراق الأمّ. إنّي أحسّ بالسّعادة كلّما نظرت لعينها، وباركت لها عمرها في كلّ صباحٍ، هكذا أقهر التّعاسة».

أخذ سعد شحنة أملٍ زائدة فيما هاله من حال أخيه.

***

بعد أن تناول وجبة الفطور في صباح ذاك اليوم، انطلق سعد صوب المكتب الوطنيّ للماء الصّالح للشّرب. تنبّه لأنّهم يحتاجون لإضافة عبارة «واللّعب بالذقون»، فمسلسل انقطاع الماء لم يُكتب له أن يُحدّ، اللّهم إلّا تلك الآبار التي يقصدها أهل البلدة للارتواء. مياهٌ جوفيّة لا يتذكّرها أهل البلدة سوى في أوقات ذروة الحاجة، لكنّها تبقى منعتقًا من عطش النّهار القاتل، تلجم الظمأ لفترات، وتضمن استمرار العيش.

لقد حمل حزمة غضبٍ وهو مكوي بفظاظة المشهد، فمشهد التبخيس والازدراء مستمر لا يتوقّف، ولم يهدأ للفتى بال وهو يرى أنّ عنجهية أصحاب القرار مدعاة للقلق والارتياب، وهو يرمق ما يلحق أهل بلدته من تقزيم في أمور الحياة، كأنهم لا يصلحون إلّا لأن يكونوا بيادق للاستيطان، فيحفظون الأرض أكثر مما تحفظهم الأرض. فانطلق إلى مضجع السّفهة، وهو يحمل تزبّدًا سيفجّره على الذّين ينظرون إلى الأفراد كذباب المطارح، أو كذاك الحائمِ على فتات الأكل، أو كحشرات قابلة لأن تُوطَأ دون أن تحدث صدعاً أو يُسمع لها صوت.

اليوم يوم الميعاد، ها هو ذا يقف ينتظر من يقلّه إلى مأربه. بدأ سعد يتشحّح على دريهمات سيّارة الأجرة، فقد صار أكثر حاجة من ذي قبل إلى أن يطعم الأسرة بعد أن سقط المعيل الأوّل. وقف ينتظر عابرًا يقلّه لوجهته. رأى عربة صغيرة مقبلة من مدشره، يسوقها شابٌّ في عُمر سعد. إنّه عُمَر الدريهم، ذاك الشابّ الذي لا يحتاج شيئًا من الدّولة، ويسع منزله الشاسع أهل المدشر، بإسطبلٍ ومولّدات للطاقة الشمسيّة، وبئر إرتوازيّة تقيهم من منّة مكتب الماء.

لوّح سعد بيده، فأوقف عمر السيّارة، وبلباقة نزل منها؛

قال سعد بدهشة: «عمر الدريهم! صديقي».

ردّ عليه الآخر في استملاح: «سعد المشاكس، صرت تحلّق الذّقن! طال غيابك يا صديقي. اشتقت إليك».

في عناقٍ حارّ، تأوّه سعد وتأسّف: «آهٍ، حينما نشيّع الأيّام الخوالي! آهٍ كم تحلو الطّفولة بين الحجارة! وا أسفاه على الطفولة وما مضى!».

حرّك عمر رأسه في إيماءة متبادلة للتأسّف، قبل أن ينطق: «كيف حال عابد؟ لقد استقبلت الخبر بأسى بالغ، وضاق صدري جرّاء ما حصل».

أجاب سعد كأن عابدًا هو المجيب: «الحياة تحتاج أنْ نجابهها كما يفعل عابد، وألّا نتوارى، تحتاج أن نعيشها بأحزانها وأفراحها، تحتاج أن نصمد ما استطعنا لذلك سبيلًا»

ودّع سعد زميله القديم أمام مكتب الماء بعد أن شكره.

تقدّم بعزيمة كان يخفيها في الماضي لمثل هذه المواقف، سيّما وهو يحمل توبيخًا لهم في قرارة نفسه سيعلنه، ويلعن به المكتب علنًا.

استأذن حارس الباب، الذي يحمل شارةً للأمن الخاصّ، فأشّار إليه بوقار وابتسامة الاستقبال، بعد أن أخبره بخلافِ نواياه، مختلقًا حكاية البحث عن عدّاد ماءٍ جديد. تجاوز سعد حائط الصدّ الأوّل، ليجد فتاة أنيقة في عمر الزهور على عتبة الباب، تتملّق بتلك الابتسامات الصّفراء كما مرّنوها، كآلة مدبّرة ومعدّلة ترسمها حالما ترى زبونًا جديدًا يلجُ المؤسّسة، وتُطلق عليه كلمات هجينة بين الإفرنجيّة والكلام الدّارج: «بون جور، صافا؟ آشْ حبْ الخَاطْر».

ردّ فيما يشبه التّواضع واللّيونة، خوفًا من أن تصدّه، أو تلغي ما جاء من أجله.

«أحتاج رؤية المسؤول الأوّل في المؤسّسة».

بكبسة زرّ وصلتْ خَطَّهَا بالرّئيس، فأخبرته بالمستجدّ، فطلب من أن يذهب للمصلحة المختصّة بالتّزويد داخل المكتب عينه. نقلت له الخبر فأصرّ أنّه في حاجة للقائه، لأنّه يحمل له بعض الأشياء. رفعت فتاة الاستقبال تلك السمّاعة إلى أذنها، وأخبرت المدير بالطارئ، فأذن باللّقاء.

بمشي متسارع، قصد باب مكتب المدير قبل أن يعدل عن قرار استقباله، ونظر إلى تلك اللّوحة الأماميّة التي تحمل اسمه بحرفٍ لاتينيّ وبخط مدبّب: «موسيو غني البذّاخ».

أذن البذّاخ له بالولوج، فسمع سعد ذاك الصوت المتحشرج الذي يخرج من جوفه. وجد صاحب الصوت في قاعة مكيّفة فخمةٍ تشعّ بريقًا، فيها أرائك كأنها مجلس للاستقبال. قام من مكانه بعد الاستلقاء ليقصد كرسيّهُ، ذا العجلات التي تكفيه من شرّ الترجّل في رحابة ذاك المكتب «الألومنيومي» الذي تلاشت عليه الأوراق، لا أحد يأبَهُ لها غير أنّها تشي للزّائر بمدى الانشغال المزيّفِ. جلس على الكرسيّ كأنّه ورثه عن أبيه؛ لم ينتظر سعد كثيرًا من الوقت ليطلق ما في قلبه: «ما هذا الجشع يا «مسيو» البذّاخ! وهذا السّطو المُمنهج على الموارد وعلى جيوب الضّعفاء، حتّى أنّ الماء المقدّم إلينا ليس سوى من منابع أرضنا الكريمة، يجثم العطش على أجسادنا وتستمتعون بالمشاهدة، ما أنتم بفاعلين؟ تكثرون من الأنابيب البخسة كذريعة للتزويد ورفع الوجل، والتماهي بسياسة التنمية القرويّة وفكّ العزلة، وبتلك الشعارات الرنّانة».

لم يسعَ المدير لتعقيل الحوار أمام انفعال الشابّ، بل زاد الطّين بلّة، ورفع منسوب سكب الزيت على نار السّجال، فخاطبه بنبرة غضبٍ لا يكشف عنها الصوتُ، بأكثر ممّا تفضحه تقاسيم وجهه التي عمّتها قطرات عرقٍ باردة:

«أيها الصّغير، إن كنت تعرف في الأخلاق شيئًا، فهذا نوع من أنواع التسلّط والتكالب، وإن كنت تجهل القانون فإنّه تهجّم على موظّف رسميّ وإهانته، أثناء مزاولة عمله، مع سبق الإصرار والترّصّد».

أراد سعد أن يهجم عليه، لكنّه تمالك أعصابه ونطق بصوت حكيم مختنقٍ بعدما أحسّ بعجرفة المدير، وأراد أن يتمّم الحوار قبل أن يطلُبَ المدير العون، ويتمَّ كنسهُ من المكتب بتعسّفٍ: «أن تشجبَ الباطل ضرورة سيّدي، وهذه ضرورة استدعتها اللّحظة لأقوم بها، وقد أساءك توبيخ مواطن بسيطٍ، لأنّكم لم تعهدوا ذلك ولم تألفوا استقبال الشّكوى من هؤلاء المتسامحين المتساهلين ولو في الحقّ، وهذا إنّما أراه جُبنا منّا، قد جُبلنَا به فيما مضى، يوم طُمس صوتنا. الآن تقدّمنا قليلا في العمر، وصرنا أهلًا للكلام والحديث والاستنكار، والحقّ يُطلب ويُنتزع ولا يُعطى. نحن المجلودين بسوط الحاجة، ونحن أدرى منك بحالنا، نحن المحتاجين للرّأفة، ولا نبغي الشّفقة والذّل. عارٌ عليكم أن تتهجّموا على هؤلاء الكاتمين للصّوت باستبدادكم، وأن تستهتروا بالأرواح والمشاعر بغلوٍ مبطّن، وأن ترفعوا من الفواتير ونؤدّيها، بأفواه مكمّمةٍ، أمّا أن توقفوا التزويد، في هذا الصّيف السّاخن، بدماءٍ باردة، فذلك عارٌ موشوم على جبينكم».

اشتعل الرئيس وعربد في تهدّج غير مفهوم، بين عربيّة مختلّة المخارج غير مفهومة، وبعض توصيفات بفرنسيّة سريعة. قبل أن يتدخّل الأمنيّ الذي كان يتواجد قرب الباب، بعد أن سمع الصّيحات تتعالى من داخل المؤسّسة، سمع تزايد انفعال رئيسه وارتفاع صوته.

أمسك الحارس يد سعد، ليغادر به المؤسّسة، وعامله بدبلوماسيّة محكمةٍ في بادئ الأمر، قبل أن يتنمّر عليه، حالما أودى به خارجها. لقد أفلح في كنس سعد من مكتب الماء، وزادت حدّة الحارس وغوغائه، وتغيّرت لغة خطابه،

وأمسى جافًّا، عديم الإحساس والدَّماثة، محاكيًا ربَّ عمله، ومُنتصرًا له. كان ذا حقٍّ أو صاحب زَلَلٍ، فقد عمل بمقولتهم المحوَّرة «أعِن أخاك ظالمًا أو مظلومًا».

قرأ سعد ما في عين الحارس وما تحويه قرارة نفسه الخبيثة. جبان -في نظره- لم يُخيِّب حدسه، فقد كان يرفعه إبّان النِّزاع وينزله بعيون تخفي حقدًا دفينًا، وانتصارًا سبقيًّا لما يقوله رئيسه، بل إنَّه قد حفظ درس التَّصرُّف، والتزم الحياد، إلى أن نال من سعد وأوداه خارجًا. وحرص بعنايةٍ فائقة على صدِّه، وأقسمَ ألّا يثب سعد المدخل في شتَّى محاولاته، لمعاودة الولوج، لإتمام ما تبقى في سجال معضلة التَّوصيل.

يعلم سعد أنَّ الحارس اللَّئيم لا يستهلك ماء معدنيًّا بعكس سيِّده، ولا تخصَّص له خزَّانات ماء استثنائيَّة، ولا يجلس تحت المكيِّف يوم تشتدّ الهجيرة في الصَّيف، أو في صقيع ليالي الشِّتاء، بل يتسلَّط عليه الصَّقيع والحرّ على حدٍّ سواء، ويشترك مع سعد في خندق البؤس.

في تلك اللَّحظة، أتى الباشا بسيَّارته الرّباعيَّة ذات اللَّوحة السَّوداء التي تحمل اسم المغرب مرقونًا بحمرة قانية، تقدَّم إلى الموقع.

حلَّ بالمكان وكان أوَّل الواصلين من المخزن، وقف كأنَّه يملك الدُّنيا وما فيها، كأنَّه حاكم زمانه، فقد كان يلقى التَّقديس أكثر من غيره، هو الأقرب إلى ما يقع في المدينة وهوامشها، وهو المسلَّم للوثائق والرُّخص العمرانيَّة، وفكَّاك العقد، هو الآمر والنَّاهي. كان يحمل سيجارةً يدخِّنها بشراهة، وعلى رأسه قبَّعة كتلك التي يتأبَّطها الشَّريف في البلدان الأميركيَّة اللَّاتينيَّة، وقايةً من شمسٍ لافحةٍ حارقة. في هيئته مهابةٌ لأهل البلدة وأهالي شبه المدينة، حيث طُبع سلفًا في دهاليز الذَّاكرة الهامشيَّة أنَّ كلَّ مدخِّنٍ بربطة عنقٍ وطقمٍ، صعبُ المراسِ وذو مكانة رفيعة ساميةٍ وسامقة.

قصد الرّجلُ سعدًا على عتبة باب المؤسّسة، بعينين منطفئتين، مختنق النّفس، انفرد به من بين الجماعة، واختليا سويًّا ببضعةِ أمتارٍ عن المتحمقين. خاطبه: «ما بك يا سيّدي، هل من خطب؟».

تعجّب سعد من هذا التّشريف الذي لا يتحصّل عليه عادة من مسؤول، غير أنّ الباشا في مهمّة رسميّة للإقناع، وجب عليه إخماد النّيران في آنها، بأقلّ الخسائر قبل أن تتفاقم، كان يعلم المسلسل بحذافيره، لكنّه يريد أن يوهم سعدًا بأنّه لا يعرف. فوجد سعد فرصة لوضع اليد على الجرح، وإضمار حادث أخيه في نقل آهات البلدة، ليرأف به، ولكون الباشا وعابد يتقاسمان وظائف المخزن، فقال سعد: «سعادة الباشا، عاد أخي مؤخّرًا وقد نُسفَ جسده بلغم غاشم».

قطع الباشا[1] كلامه دون أن يغطي للحادث أهمّية، فأصغى سعد برباطة جأش لأحاديثه وهو ينتظر منه ما يرطّب جراحه من جهة أخيه، لكن الرّجل تحاشى الأمر ودفعه للخوض في الحديث الذي كان سببًا في تواجدهما في عين المكان، وانتهى الحديث بضمانات كما تقدّم دائمًا دون أن يتحقّق شيء، فخطاب المخزن هدفه تلطيف الأجواء، حتّى أنّ اللّقاء لن يتجدّد أو يتكرّر إلّا إنْ بدا كدرٌ من قبيل ما وقع؛ فنحن المغاربة ننهي شيوع الحوادث بنشرة عاطفيّة تضامنيّة، كأنّها كتاب مقدّسٌ، ونطمرُ أسبَابها بفتح تقرير علنيّ للعيان، تقرير لا ينتهي، بل يُعلن طمسَ الملفّ لوقتٍ ممتدّ غير معلوم النّهاية.

ما هي إلّا عشر دقائق، حتى تقدّمت مركبة المخزن صوب مكتب الماء، من أجل مصادرة سعد، أو ترهيبه، حتّى لا يعيدَ التّصرّف، كأنّه هو من تسبّب في أزمة العطش التي أصابت البلدة، لكنّ الباشا بغمزة وإيماءة الرأس أشار

---

(1) يتولى الباشا مسؤولية المقاطعة، تحت سلطة عامل الإقليم، ويعتبر الباشا ممثلاً للسلطة التنفيذية داخل نطاق نفوذه، وهذه التمثيلية تجعل منه مسؤولًا عن النظام العام.

إليهم بأنّ الأمور تحت السّيطرة، فلم يوقفوا العجلات كيلا يثيروا انتباه المارّة، ولكي ينسفوا تجمهرًا ممكنًا قبل تشكّله.

كان ظاهرًا أنّ سعدًا لم يفهم هذه السّرعة التي سارت بها الأمور، عجز الآن عن ترتيب أفكاره المربكة، فبدأ يشعر بدور البطولة، بعد أن بدا له أنّه قدّم عرضًا قد أرضى الجميع، وبلّغ ما أراد أن يبلّغه بعناية ونجاح. نجاحٌ أوّل تذوّقَه في صراعه مع المؤسّسات الرّسميّة التي لا تقبل الإخضاع عادة، نجاحٌ أوّل قُطفت ثماره، بل ستُقطف حالما تتمّ تسوية الأمر، فالتزم الصّمت بعد أن قطع الباشا وعدًا بالإصلاح قبل غروب الشّمس، رغم أنّه كان يعلم أنّهم يحفظون غيظًا مكتومًا، لأنّهم يرفضون أن يتمّ استصغارهم من طرف المدنيّين، ويرفضون حتّى أن ينزلوا إلى الشّارع من أجل إثناء الأشخاص عن عرقلةِ طبيعة الحياة ومسيرها. إنّهم يذمّون ويرفضون ما يسمّونه الفوضى، لكنّهم يحسنون طمس الحقّ بعناية. كمن يقذفك وينتظر منك الإطراء عوض الهجاء.

كتم سعد ما حصل، وانتظر أن تبلغ الوشاية شيخ البلدة، بغية الصدّ والتوبيخ، وإثنائه عن حشر أنفه في أمور تكبرُه...

وصلت ساعة المساء التي تعهّد بها الباشا لتيسير أمر التّوصيل، ما زاد من وجله، لكنّه انتظر إلى حدود الصّباح التالي.

أوفى الباشا بوعده، فانتشى سعد بما حقّقه. صلّى ركعتين بعد أن نجا من القضبان، ومن غضبة المخزن، وأخبر الأمّ بما وقع باختصار، لكيلا يهوّل الأمر، فأصابها الذّهول، وازدردت ريقها، حالما جاء على لسانه كلمات «الباشا»، و«رئيس المركز»، و«مركبة المخزن». حبست أنفاسها، واستحضرت المشهد في ذاكرتها، وقد أدركت أنّ المخزن هو الآمِر، ولا يتقبّلُ سجالًا يكون فيه طرفًا أضعف، أو يحسّ فيه بإذلالٍ صاغرٍ، لكنّها في الآن ذاته أصيبت بنوعٍ

من الانتشاء والسّعادة لكون ولدها قد صار منافسًا بارعًا، تعلّم حنكة الربّان في المناظرة، بعد أن خرج من حربٍ خاسرة بطلًا.

أمّا عابد فظلّ ينصت إلى كلام أخيه خلسة، منشرح الصّدر بما أقدم عليه أخوه، ولسان حاله يقول، هذه سلالتنا، شعارها: عِش بكرامة أو مُت وأنت تُحاول.

انتشى سعد قليلًا، وسلم بأنّ مصيره الآن صار محتومًا بين الحجارة الصّلدة، والجبال العاتية، والنّخلة المعمّرة المريّشَة، وسط أبٍ يكابدُ الهجرة ويتجشّم عناء رحلاته الطّويلة التي لا تنتهي، بين القرى والمداشر الصغيرة على دابته، ليعود بين الشهور، فينطلق في تغريبته مجدّدًا، وأخٍ كان عائلًا للأسرة، استنفد اللغم قواه، وهشّم كيانه اليافع، وقذف به إلى ركن البطالة، وأمّ سجينة المكان، بين ردهات المنزل وأركانه، بين بداية البلدة ونهايتها، تقف بوجهها أمام تغوّل الزّمان، تقاومُه ببسالة.

هنا بين رمالٍ تغرقُ فيها الإبل العابرة، سيكتُب صفحات ما تبقّى من شبابه، فهو لم يغفل يومًا أنّ الموطن يولِّد الهناء والقناعة. هنا فطِن أنّ السّفح لا يولّد التّعاسة دائمًا، بل يحفظك من الارتفاع وحرارته في الجنوب عادة، وقلّة الهواء وارتفاع الضّغط في الشمال، وأنّ السّفح يقيك من تقلّبات الحياة.

صعد بحمله إلى ذاك المنظر المهيب، أعلى الجبل المحاذي للمنزل، وهو يتذكّر آخر مرّة اعتلاه، يوم كان طالبًا في التّعليم الثّانوي المؤهّل للجامعة، ها هو ذا الآن يستعدّ لإعادة الكرّة، ليس توديعًا، بل بوحًا بما كتمه في قلبه، أراد البوح بصوت مجلجل، لكنّ الصّخور لا تسمع إلّا بالهمس، يعود إليه محمّلًا بأنين الشّقراء التي لم يضعها في سجلّاته الاستشرافيّة التي يحفظها للأفق القريب والمتوسّط؛ لقد أتمّ التّسلّق، ها هو ذا يعتلي قمّة الجبل، يتوسّد الحجارة، ويقبع بين الصّخور، ويهسهس في ثناياها: «ها أنا ذا أيّتها

المدينة الهامشيّة الصّغيرة، يا حافظة التّاريخ، ويا رمز من لا رمز له، علّميني من حياتك شيئًا من العصاميّة في نسف الأهواء، علّميني كيف انتصرت على الإفرنج، وكيف علّمت للتّربة طرق الصّدّ، علِّميني كيف الصّمود وكيف أرفل في ظلالي كالمرابطين والمصامدة على البابليين ومن مرّوا من هنا، كيف أُطلق عناني وأنشر تعاليمي، كيف أتخلّص من هرطقاتي اللّيليّة كما تخلّصت من بائعي الوهم والمتطبّعين من الطّاطويين مع الغاشم الكاسح، كيف ألامس وأنا مستقلٌّ بذاتي، أرشديني إلى رحلات بني هلال، لعلّني أكون ابن بطّوطة زماني، وأبحث عن تلك الشّقراء اللّندُنيّةِ التي ستفكّ أغلالي. أيّتها الهامشيّة التي أضاعوا فيك المخطوط قصدًا وطمسًا لما تكتنزينه، ولحقائقك المطمرة الصّادمة في المقاومة، دلّيني كيف الحياة، وكيف تتأقلمين مع ثنايا الموقع الهجين؟ وأنت أيها الجبل أعود إليك جاثمًا بعد أن شُيّع نصف روحي في المدن الإسمنتيّة، أعود بوضعية المهزوم، وأحاول الوقوف مجدّدًا لأحارب قدري وأستفيق من كابوسي، ها أنا ذا قد وصلني الذّبول وأبحث عن سمادٍ يعيد إنباتي من جديد، أنت الحنون فارأفي بي ما استطعت، أرني كيف ينبت الحيّ وسط الحجارة؟ أعود إليك أيها الجبل وأنا أحملُ صبابتي لكَ ولهَا، وأنت أقدر بأن تتحمّل نوائب الزّمن وعاديّاته، لعلّك تروّضني على التّحمّل ومساقاته، أعود إليك في فرحي وفجعي لأفشي فداحة يقيني، ها أنا ذا أقف ذليلًا للزّمان لا الإنسان، لقد طرحني الهيام كفريسة تقوّضها الكواسر، وتسلّخ عنها الجسد، لتُهلك القلب الذي يخفق في محاولة انعتاقٍ أشبه بالاستحالة من مناقرها الحادّة المقوّسة الموخوزة بالألم، أعود خائبًا أترجّى التّربة التي أنبتتني بأن تعيد ما فقدته وأفتقده، أو تنسيني فيما سأفقده».

أغلق جفني عينيه بعد أن باح، ثمّ استرخى في جوف الحجارة، وجال في تخمين عميقٍ.

العشرة الأولى

عاش سعد حياته كأقرانه، يبحث عن ذاته ليثبّت أقدامه في حظيرة الفوضى، والاشتباك العويص بين المعابرِ، ويخطّها على الوحل بحرصٍ بالغ.

في فترة الفتوّة، يستوقف العابرين والمارّين بين السُّبل لشعبيّته الجارفة بين أهالي «آديس»، يشبّع فضوله كجروٍ بدأ يفتح عينيه بعد أن قضى ردَحًا من الزّمن في ظلامه الدّامس بعد الولادةِ، قبل أن يتمرّن على الرّمشِ.

وفي منزلهم كان يلازم مكانه في زاوية الغرفة العلويّة اليمينيّة من الدّار، كانت الغرفة العلويّة الوحيدة، وقد آوتهم من فيض السّيول الجارفة، في المطر الكثيف أمام دورٍ آيل للسّقوط، في بلاد تجابه دورُها الأعاصير في خفرٍ إلهيّ، كأنّها تحملُ بركةً، فتصير كالجدران الإسمنتية المصقولة بالحديد. سكَنَ وأهله أسوارًا ترابيّة بأسقف تحاربُ القدر بأهواله، غرفة مجتمعة بألف رئة لا تتوقّف عن النّبض ولا تزال تبوح بأسرارها.

كان ذا قامة ميّالة نسبيًّا إلى القصر، نحيفًا، أسمر البشرة كأهل «كوبا»، مخارج حروفه سويّة لا تشوبها علّة أو تأتأة. عيناه جاحظتا وبؤبؤاهما بارزان، شديدتا السّواد، وشعره الكثيف الجافّ مزيج بين سكّان الصحراء الجنوبيّة وبين كثافة خصلة العرب، ذو أذنين صغيرتين، وعنق طويل يظهر للرّائي أنّه يفصل الرّأس عن الصّدر، والتّفّاحة الآدميّة التي كانت سببًا في مغادرته النّعيم بارزة في حلقه لم تظهر بعد...

يستيقظ على إيقاعات صخِّ الزّقزقة، وهي تتناهى إليه عبر الحقول المحاذية المجاورة التي انفجرتْ من جوف الحجر وبين التّربة الجافّة القاحلة،

بعزمِ الإنسان. يُزيح غبش العين بعد المعزوفة، يترنّح مثنى وثُلاث في دقيقةٍ أو نصفها، بعد أن حقّق الشّبع، وفاضت جوانبه بالرّاحة، ليستجمع قواه بعد النّوم على خيش وحصير، ووسادة محشوّة بثوب مهترئ.

يستيقظ سعيدًا، مرسوم الفرحة على الخدّين والجبين ينطّ هاربًا من فراشه، كعادته في يوم الأحد، غير آبهٍ بتلميع المكان أو توضيبه، وبِسَاطه ينتظر من يلملمه ويحشدُه. يتركه خلفه قصدًا، عساه يُمسي بعد أن يستجمع كلَالة اليوم الذي سيرهقه اللّهو فيه، بين الإقبال والإدبار، والكرّ والفرّ من هنا ومن هناك، فيقصده قصدًا مباشرًا، ليستكين من دون طلب افتراشه، راجيًا في نفسه، أن تغفل أمّه فاطمة عنه.

في يوم الأحد تتحقّق أحلامه القصيرة. الأحد أكثر الأيّام قربًا لقلبه. لقد استيقظ باكرًا، بملْء خاطره على غير عادته، بدافعِ السّاحرة المستديرة، تلك التي تُركلُ في جماعة، وتشْحَنُ فيه الاندفاعيّة للممارسة، فتصير في أعلى هرمِ توزيعِ الحاجات. تصيح أمّه فاطمة: «إنّه على المائدة -تقصد الفطور- لا تستعجل بالخروج».

يفرّ هاربًا، من دون أن يدير وجهه، فقد غابت لديه رغبة الأكل منذ مساء الأمسِ، لأنّه مترع بالمسرّة، يتُوق لمقابلة في كرة القدم التي ما انفكّ يجعلها معشوقته في الهواية، وحرارة الشّوق تلغي كلّ ما يمكن أن يعيق رغبة الممارسة، أو يكون سببًا في إضاعة ثانية أو اثنتين.

عبرَ المسَالك الوعرة من دون مشقّة من يستكشفها للمرّة الأولى، يعرف الفجوات والمطبّات والأرض التي تهوي بالأرجل، والسويَّ المستقيم منها والرّخوَ. انطلق باندفاعٍ صوب الملعب، لأنّ من يتكفّل بالأمور التقنيّة و«التكتيكيّة»، ويتقمّص دور المدرّب، يشترط في الزّمن عاملًا لتحديد خططه. وسعد غالبًا ما يكون سبّاقًا للحضور، ليحصي من يتقدّم أوّلًا ومن يتأخّر، أو ليكون أوّلَ الحاضرين.

رُشدِي ذاك الفيلسوف المزيّف، يتقن دور اللّبق الخجول، لكنّه يتفنّن في التّحايل والتّدليس. ها هو قادم على درّاجةٍ ناريّة كلاسيكيّة الصّنع، وسعد يسمع دويّها من بعيد. درّاجة يُعرف بها قبل أن تُعرف خلقته.

وصل رُشدي إلى مدشر «وحمان»، وحلّ على الجانب الشّرقي لذلك الملعب التّرابيّ، ذي اللّون المستمَدّ من اليباس، الذي نُثر فيه حصى كثيف، متباين الأشكال، وبمطبّات تعكس مسار اللّاعب قبل الكرة، وفي حواشيه بعض بقايا الأشجار الشوكيّة، وشيءٌ من سعفِ نخيل قذفت به رياح الأسبوع، بعد أن جفَّ بالشمس الحارقة، وحملهُ هوجُ الريح، فطاب له الاستقرار هناك.

ألقى سعد التّحية، وتحايل بالإحالة إلى وجوده وسبْقهِ، وعلى ضرورة انخراطه في اللّعبة قائلًا: «سي رشدي، صباح الخير، الفوز لنا، وحدسي ينذرني بأنّني سأسجّل هدف السّبق».

ردّ عليه التّحيّة: «صباح النور يا سعد، باركك الله، وبارك حدسكَ، وحضورك المبكر».

بدأ ينبش في محفظة سوداء اللّون، باحثًا عن قلم تائهٍ أو شيء يمكن أن ينوب عليه في رسم الحروف، لأنّه قد وضع سلفًا لائحة بلاعبي المباراة. وقد كان سعد يُكابد الشّوق، وكلّه أمل في ولوج الملعب، أراد أن يصنع شيئًا لنفسه ولأهله ولمدشره، فوزًا لن يغنيه شيئًا، لكنّه يخلق للذات متنفّسًا للحديث والوقوف على ناصية المجدِ، ما دام لم يحدث شيءٌ آخر في موطن اليباس؛ وهو ما أودى به للتهليل بتحيّة مُصطنَعَة. لقد أراد أن يقول بإضمارٍ: «أنا متواجد هنا، إنّني بكّرتُ مقارنة بالبقيّة».

تقاطر أعضاء فريقه على الملعب. جاؤوا تباعًا. اكتمل النّصاب، وحوّطوا موضعًا في شبه مضمار بشريّ صغير، كلّ ينتظر أن يُسرد اسمه على عجلٍ،

هناك من يدرك سلفًا أنّه حبيس صقيع كراسي الاحتياط، وهنا من يعرف سلفًا تثبيت اسمه رغم أنّه آخر من يصل، أمّا سعد فقد راودته الشّكوك.

تقمّص سعد المتحمّس دور المهاجم. إنّه قصير القامة نسبيًّا، وماكر في الاختراق وسريع، غير أنّ ذلك لم يشفع له. بدأ رُشدي بسرد الأسماء، مستهلًّا إيّاها بحراسة المرمى؛ إبراهيم، وقبل أن ينطق به، أتبعه بالذين سيذودون عن المرمى دفاعًا، واسترسل ليلحقَ الوسط بالوجوه المعلومة، قبل أن يصل إلى الذي سيعانق المقدّمة. وصل إلى الموقع الذي ينتشي به سعد. أصابته رعْشة عابرة، فنطق رشدي باسم حمزة.

رمقه سعد بعين اللّوم، فدماثته وكفاءته لم تشفعا له، بل إنّ ما زاد من اكتوائه بنار الغدر، هي تلك الكلمات التي أطلقها رُشدي بشيطانيّته، مشخّصًا بكلامه دور الضّحيّة والمتأسّي. وعَى سعد أنّه يضاهي «تشارلي تشبلن» في صيغة المتكلّم شخصيًّا، حين قال مستهلًّا كلامه بالتأوّه: «آآآه، نسيت أنّك كنت من الأوائل الذين حلّوا بالمكان يا سعد، فكيف لي أن أعالج الوضعيّة إذن؟».

في سؤال استنكاري «مُتنمّر»، بعد أن رفع سبّابته فوق فروة رأسه، ليخدش مكانًا لا يضرّه، وفي قرارة نفسه رضا بالغ عمّا يقوم به. فلم يكن سلاحه سوى تلك الرّدود الماكرة، بهزلٍ يقوم بمحادثة البقيّة، أو باحتكاك ساخر في طابع المستملح، لينسيه أنّه تناسى الأمر.

أحسّ سعد بالمحاباة، وبتعسّفٍ في القرار، فاستحضر حضوره الدّائم للتّدريبات الرّوتينيّة المسائيّة بعد حصص التّعلّم، وتأكّد له أنّ المحسوبيّة جزء من اللّعبة، وأنّ الذّات حاضرة قبل الموضوعيّة، وأنّ الكرة سياسة جديدة في التميّز. فحمزة من أقرباء رُشدي، ولم يكن يحضر التّدريبات بانتظام، كان يخبره شفهيًّا أنّه تمرّن وحيدًا، ما دامت عين رُشدي لم تره.

فهو يبعد عن المدشر الذي يسكنونه بكيلومترات معدودات. كان ابن المدشر، لكنّه غادر صوب المركز، ولا غرو أنّ كلامه هو الشّاهد الأوّل والأخير على حدّ قوله. آلم سعد أنّ القرابة سندٌ لقول ذاك الفتى، كما غاظه الإحساس بالتّحقير والتبخيس أمام خسّة رشدي الذي تمادى في استصغار الفتى.

اغرورقت عينا الفتى بالدّمع، والتقط رُشدي الإشارة، فأخبره أنّه سيكون بديلًا في الشّوط اللّاحق. كان سعد ضعيفًا أمام اللّحظة، لم يقوَ على رفع الأحرف من حنجرته، وحُظِرت مخارجهُ في نطق الأحرف، واختلطت عليه الأمور بين رغبة اللّعب السّارية في وجدانه والتي لم يستطع كبح جماحها، وبين الحيف الذي لحقه مقارنة بالبقيّة. لكن، رغم ما تعرّض له من ازدراء، تحامل على نفسه، وانتظر شوطًا بأكمله.

استُهل الشّوط الثّاني، ولم يتمّ استبداله بحسب الوعد، بل إنّ رُشدي قد زاد من غيظه، وطلب منه أن يستعدّ للنزّول كبديل. استوفى سعد الإحماء، فتمادى الفيلسوف المزوّر في لعبة الشدّ والجذب، مطالبًا إيّاهُ بالانتظار، ثمّ أشار بسبّابته إلى لاعبٍ آخر من قرابة مصاهرة. كادت الغصّة أن تقتل سعدًا، ازدرد ريقَهُ بصعوبةٍ بالغةٍ. أوشك عُمْر المباراة على النّهاية، لم ينتظرها سعد، أزال عن قدميه ثقل الحذاء، وانتعل نعلين بلاستيكيّين، وارتدى ملابسه، وعادَ إلى مدشره خائبًا، بدأ يدندن في طريق العودة فيما يُشبهُ نوحًا لائمًا للحياة: «أُدْرِك أنّ أيّامي ستكون عوجاء، وأنّها بداية مسرحيّة سيَكبُر فيها الضّيق كاستهلال مصغّرٍ لضيق كبير مع توالي الأيّام، هكذا قُدِّر لي العيشُ، أن يُفطرَ قلبي بما يعشقُ، فما أقسى أن يُنال منك رويدًا رويدًا، ما أقسى ذاك الظّلم الطّبقيّ بأسبقيّة القرابة! ما أقسى الحياة يومَ تحسُّ بغيابِ مُعِينٍ يحجبُ صوتَ الاضطهادِ، وأنت واقفٌ غير قادرٍ على درئه».

لم يكن سعد متفائلًا بما سيأتي لاحقًا. كانت الأحلام تُقتل فيه وهو لم يصِر بعد ذلك الشابّ الذي سيأتي فيه لاحقًا، ذاق سعد المرارة في بداياته. لم يبح بغضبه لأحد، فقد احتفظ بالغصّة والأسى لنفسه.

هوّن على نفسه فعلةَ الأمس، بعدما اشتكى للأمّ التي يراها ملاذا، والتي كانت تعرف عادة كيف تقنعه بأشياء وتثنيه عن أخرى، تخاطبه بخطاب العاطفة وتتجاوز العقل، تستميله لما يحبّ، وتعوّض الأمر بما يُليّن فؤاده، وفي دواخلها غصّة تجاه الفاعل، لكنّ وجهها يبتسم وهي تقول: «بنيّ! أنا أدرك أنّك عاشق للكرة، والحظ لا ينصف عادة، إنّه يقلب الآيات ويحرفها، ويقدّم للمتقاعس جنّة على الأرض، ويصيب المجتهد بصفعة تنسيه من يكون، وما مرّ عليك بالأمس جزء عسير منه، فأنت في مضمار الزمن، ففي تلك الظرفيّة وفي ذاك اليوم والأسبوع والسنة، يمكن أن يتغيّر الأفراد وتتغيّر المواقع، ويصير الزّمن معانقًا إيّاك، وإن لم تكن تستحقّ، كفاك تشاؤمًا فأنت الأفضل في عيني، وإن كنت لا تجيد».

خفّفت الأمّ عنه حزنه، وأدرك بأنّ الزّمن هو الفيصل، والفرد والمكان لا يتجزّآن منه.

أيقن سعد أنّ ما وقع له كان قصديًّا، وأقسمَ بأن تكون تلك نهاية التّردّد في الأشياء التي تفجّر التّعاسةَ، فقرّر أن يهجر الملعب، فقد خاب ظنّه، وقُتلت فيه رغبة الغفران، ليعلن نهاية حلمٍ صغير قد راوده في طفولته، لم يستطع إنقاذه من ناسفي الأحلام الصّغيرة، الذين يجهضون الرّغبة في كلّ شيء يستحقّ أن يُروى.

استيقظ سعد بعد يوم الشّجو، وقد نسيَ فعليًّا ما وقع، ولم يشأ أن يفارق وسادة نومه، في تلك الدّقائق الصّباحيّة، وفي عزّ أيّام الشتاء، حيث تنخفض درجات الحرارة لتُلامس التّسع درجات صباحًا، وتبدأ في الارتفاع بشكل

مطّرد ومتثاقل لتصل العشرين ونيّفًا على امتداد اليوم، فتؤول للانخفاض مساء، بعد أن تصل إلى أوجها في قلب النّهار، حيث الشّمس تشطر السّماء. إنّها أجواء تلك المدينة الجنوبيّة الجافّة، حيث نسب الرّطوبة غير واردة، بل هي في حدود الصّفر؛ هكذا تلاعبهم جدليّات الجوّ...

ارتدى هندامه، وذلك «الجينز» التركوازيّ المفضّل لديه، يرى فيهِ نفسه في أفضل هيئة، وعلى امتداد السّنة، تكون له حصّة الأسد بين بقيّة السراويل، إضافة إلى القميص الأزرق بلون السّماء، والذي يظلّ لصيقًا به. تمام الساعة السابعة وأربعين دقيقة، انتهى من التأنّق، واستعدّ لسماع صياح زملائه العابرين صوب المؤسّسة التأهيليّة.

حمل درّاجته الهوائيّة على كتفه، ليغيّر رأسها في ذاك الدهليز الضّيّق، ويسندها على الجدار المقابل مع باب الدّخول، في انتظار أن يلمح الطّلاب يتقاطرون تباعًا من ذاك المعبر، في سفح الجبل. طليعةٌ من الفتيات بلباسٍ محتشم ووزرة بيضاء في مستهلّ الرّكب، تتقدّمنَ كحمائم سربٍ مهاجر. كان يستعدّ لامتطاء درّاجته، لأنّ الأولاد عادة يأتون خلفهنّ مباشرة بفاصل دقيقة أو دقيقتين، وما الفتيات إلّا إشارة شكليّة لاندفاعِ الأولاد خلفهنّ، فهنّ أبطأ حركة، يتقدّمن بهامشٍ زمنيّ مقارنة بالذكور؛ تراهم الآن يتقدّمون في زمرةٍ، كمدٍّ هادِر، وهم ينزلون العقبة، وذاك المنحدر في السفحِ، في وشيجةٍ متكاملة.

كان عبد الحفيظ يتقدّمهم دائمًا، وقد ألِف سماعَ صدحه قبل البقيّة. اليوم انصهر مع الكوكبة. استعدّ سعد لتحريك العجلات، وقطع الكيلومترات الأربعة، التي تفصلهم عن «ثانويّة ابن الهيثم التّأهيليّة». انخرط في الجماعة، فانطلقوا كمن يسابق الرّيح.

كان في صّف الباكالوريا الثانية شعبة الآداب. لم يكن ذاك الولد المجتهد، أو ربّما شغفه بالتّعلّم لم يتولّد بعد، رغم حذاقته ونباهته.

كان يتأسّى دائمًا لأنّه لم يسلْك مسار الفرع العلميّ، فتعلّقه بأصدقائه كان سببًا في حصر مساره. إدراكه راهن دراسته لا يؤرّقه، ولا يملأ خلده، بل إنّه يعيش اللّحظة باقتصارٍ، وتخميناتُه لا تتجاوز ظلّه. همّه أن يظلّ مع أكبر عددٍ من أصدقائِه الذين سلكوا مسلك الآداب، وانخرطَ معهم، فالقلّة القليلة سلكت مسلكًا علميًّا، حيث لا يتجاوز تعدادهم العشرة، ومعظمهم من الإناث. من سوء حظّه ونحسه، أنّهم شكّلوا أوّل دُفعة من مستواهم تدشّن المؤسّسة التّعليميّة، وقد شكّلوا باكورة الدّفعات التي ستستقبلها، ونالوا شرف قصّ شريط الافتتاح. كانوا ينشطرون لثلاثة مستويات، باكالوريا آداب، علوم إنسانيّة، وعلوم فيزيائيّة، وبعض الجذوعِ... أمّا بقيّة الخيارات فلم تكن متاحة آنذاك، لقلّة الاختيار، أو لعلّة غياب المورد البشريّ.

...

بعد أن أوشك الموسم على النّهاية، والصّيف يلوح في الأفق، رفع سعد تحدّيًا يكبره، وراح يتابع دراسته في نهمٍ، وهو يعلم أنّه قد تحصّل على ما لا يشفع له لتحقيق معدّل مشرّف، رغم علمه المسبق بالدرجة الهزيلة في مستوى الباكالوريا الأولى، في معدّل الامتحان الجهوي البالغ التعقيد.

كان الامتحان في الإرث، وهم لم يفقهوا شيئًا ممّا سيرثون أو ما سيورّثون بعد هلاك الهالك. أطفال يعلمون بأنّ التشريع له الحكم والفيصل، والإلمام بالإرث مهم لرجال الدّين والتّصوف وأهل الزّهد. لقد كان موضوعًا في غير زمانهم، واحدًا من موضوعات تكبرُهم من حيث المحتوى والشكل. يدركون أنّ أدنى مكسبهم، دُورٌ محوّطة بتُراب مغشوش باهت أزاحت عنه الشمس لونه الحيّ، وسَطها أجوف لمداومة الكنسِ، كأنّها من الطّبيعة ذاتها ومهندسها التقليديّ واحد، ولها وسط يعانق السّماء في الشّتاء والصّيف، تحيط به حيطان غرفٍ متهالكة، إحدى تلك الغرف أشبه بمطبخٍ، ولم تصل بعد لأن تصير مطبخًا،

وأخرى تصلح للنوم ليلًا وللضّيف نهارًا... في حين أنّ دورة المياه تقليديّة الطّبعِ، خارجَ المكان، في أرجاء الخلاءِ عند العمومِ، باستثناء الأقلّيّة من أهل تلك القرى. في مجمعٍ تقليديّ تقلّ فيه ملامح الحداثة، إنّها مساحة شاسعة منفلتة من الرّقابة.

ما زاد الامتحان الذي اجتازه تعقيدًا، أنّهم في موطن تحدّه الجبال ودبيب الإنترنت فيها مُنعدم، يتذوّقون من كأس العدمِ أبسط متطلّبات الحياة، فما بالك بالتّعلم! في ذاك المجال يُمتحنون في لُغة فرانكفونيّة، لا يخلو أن يكون غناها في التقييم فقرًا للمُمتحَن، يذلّل درجته، حتّى لا ترقى لمظان ذويه. لغة دخيلة تقضّ مضاجعهم في تربة لم تعرف لها طريقًا، شبحها متغوّل غير قابل للمواجهة، لأنّ مضارعته في عزّ جهلها هزيمة نكراء، أمّا الإقبال عليها واستيعابها فضربٌ من المستحيل. إنّ تقويمها وفرضها جبرًا، شللٌ تامّ ممنهج للمكتسبِ ولدرجات الامتحان. أمّا الجُرم الأكبر فهو ارتفاع معدّلها وقيمتها في العدِّ مقارنة بالموادّ المتخلّلةِ، وذلك أمر يعدّ إجحافًا لأولئك الأسرى بين الجبال.

بيد أنّ سعدًا كابد المشاق، واستعدّ لتلك الشّهادة الكارتونية كغايةٍ وجبَ تحصيلها مهما كانت الوسائل، إلّا المحظور منها في تحقيق المنال. هناك في تلك الدّور المهجورة التي أنهكها الزّمان، يعتكف بمعيّة زملائه، ولو بالمباينة في التخصّصات. لقد شكلّ له الأمرُ حافزًا لمسايرة المسار، وكان هاجسه أن يتلافى التعثّر، وألّا يظل وحيدًا في الموطن الذي يسكنه، رغم أنّ المكان قد سكنَه.

اليوم الثالث من الاعتكاف، استيقظ باكرًا، بعد صلاة الفجر. أيقظته النّفس الآمرة. سجد ركعتين، وقصد طريق جبل إمليل الجنوبيّ، أحد جبال «باني» المتسلسلة. كان الملتقى هناك، فقد تغيّر المكان والموقع بتغيّر السّاعة والجوّ غير الرّحيم بهم، والذي لم يرأف بهم، ومن فرط حرارته، تفرُغ الكائنات،

ويضمحلّ المكان، كأنّ كلّ حيّ فيها هاجَر. يقصدون موقعًا تعاقدوا عليه كخرمِ جبل، حينما يكادُ ينفصل الخيط الأسود عن الأبيض، في بحثٍ متواصلٍ عن اكتناز ما يدعو لنيل تلك الشّهادة المفتاح والمضنية، ينتشون بنسيم الغبشِ المؤقّت في تلك البكرةِ. يحلّون به، في تلك البكرة، وهم في استسلامٍ كاملٍ لما يُشاع، حيث يذاعُ أنّ الدّماغ يستوعب أكثر صباحًا مقارنة بالمساء. لقد حفظوا المقولة، وأعانهم مناخ الجوّ في تنزيلها على الواقع.

داخل أجواء الجدّ، يتقاسمون الهزل. يتناوشون بشيء من الضّحكات والمستملحات، ويجعلونها نفحات لكسر رتابة وحدات الفيزياء والكيمياء، وسلاسل الرّياضيّات، وظاهرة الشعر الحديث ومسارات النقد، وبعض من أقوال الفلاسفة؛ «سقراط، وديكارت، وأفلاطون، وروسّو»، وأحداث التاريخ المكتوب بحبرٍ أسود على ورق أبيض، وجغرافيا المنحنى، وإسقاط التّضاريس... ثمّ يفرّون هربًا من الحمم التي ترسلها الشّمس حين ترتفع ليعلنوا انتهاء برنامج صباحيّ.

في خضمّ أيّام النّهاية، وبعد مكابدة مستمرّة لمدار سنوات من التّأهيل، وكذا التّعلّم وهوسه، ومطاوعة الحرف وحركاته، ومستجدّات الأرقام وعلاماتها، تترجم المكابدة في ثلاثة أيّام عجاف، تحتمل دفّتين: مجاسرة تعفيك شرّ السّقطة، أو سقطة تقتل فيك العنفوان، وإلحاح العلم ولو للحظات.

جاء يوم الحقيقة. اختلف الحال. بكّر الشّابّ، بعد أن استفحل عليه الأرق ولم يستطع أن يتمّم ساعات نومه، غير أنّه استيقظ كمن كان في سبات أهل الكهف، وقصد منزل عبد الحفيظ، بعد أن أسره الشّوق الممزوج بالجزع والقليل من التوتّر الحابس للأنفاس. انطلقا مسرعين، وحلّا بالمكان قبل نصف ساعة من الامتحان. كانت الأبواب موصدة. مرّت هنيهة من الزّمن بقدر ساعة في عقليهما؛ فتحت الأبواب، ودلف الجميع منكبّين على الدّخول تباعًا،

كمن يبحثون عن حجر كريم في صحراء مقفرة، أو عن سيّدة النّحل في قفيرهها.

لازمتهم رهبة الامتحان، ولجوا القاعات بحسب التّقسيم والتّرقيم. انصهرت وتلاشت دهشة البداية ما إن تسلّموا الأوراق، بدأ سعد يتصفّح مادّة اللّغة العربيّة كبادئة لم يستشكلها، كان يتفنّن في تحليل الواقع، ومتابعة أوضاع العامّة، انبرى للإجابة، بدأ بمقدّمة سياقيّة مؤطّرة لمحاكاة الأقدمين، ثمّ تفنّن في تحليل شعر محمود سامي البارودي، وقد ختم ورقته بتحليل أحد مقاطع رواية «اللّص والكلاب» لنجيب محفوظ، واضعًا المقطع في سياقه، متناولًا مظاهر المطاردة ونموّ الأحداث. وهناك أدرك أنّ البقيّة ستأتي بليونة المواقف، واستوعب بأنّ الصّفوان لا يتمّ الوصول لجوفه بإفراط القوّة، إنّما بالقطرات المائيّة المطّردة والمتواصلة؛ فقد سلّم بالمسلّمة وتابع بقيّة المطالب على المنوال ذاته.

...

انتهت أيّام التّقويم، وانتهى معها وقْعُ الانتظار. أحسّ سعد بثقل ما كان يحمله على ظهره وإن لم يكن مرئيًّا. لقد سعِد بتنفّس الصّعداء، فالحمل كان ثقيلًا، غير أنّ ما استمرّ معه هو ذاك التّوق القاتل لما ستؤول إليه نتائج ريشته النّديّة بحبر المدارك. دقّات قلبه على مدار تلك الأيّام لم تكن منتظمة، تترنّح بين التّثاقل والتّسارع باختلاف المواقع التي يحلّ بها، فقد ينسيه اللّعب تارة فتنتظم الضّربات، وتارة أخرى تلقاه في خلوة، فيكثر تخمينه ويرتفع الضّغط ومعه دقّات قلبه، وتارة يرحل به الشرود لاستقصاء الممكنات، كلمّا اقترب رويدًا رويدًا من اليوم المعهود.

السّنة الثانية عشرة من الألفيّة الثالثة، تحديدًا في شهر يونيو، حلّ اليوم الرّابع والعشرون، ولم تبقّ سوى سويعات وبضع دقائق على إعلان نتائج

الامتحان الوطنيّ عبر البوّابة التي يضعها الجهاز الوصيّ على القطاع، تزامن الأمر مع يوم السّبت، حيث أبواب الثانويّة موصدة، والكشف الورقيّ عن الدّرجات مؤجّل لبداية الأسبوع. وجِلَ الفتى من ثِقل الدّبيب، أو بالأحرى انعدامه، من مكانه في أعلى نقاطِ المنزلِ ارتفاعًا. أمرٌ زاد من حدّة توتّره، فبدأ يتصبّب عرقًا باردًا، وصل به الحال إلى أن يفقد ما تبقّى من أعصابه قبل أن يغمى عليه، سلّم في قرارة نفسه بأنّ الانتظار سمّ قاتل، فكم من فرحةٍ أفسدها! وكم من سعد أنحسه!

أمّا الأمّ فاطمة فقد ظلّت تظهر قواها، وهي آيلة للسّقوط، لم ترعبها النّتيجة بقدر ما كانت تنظر بعين الأمّ والرأفة لفلذة كبدها، أخذت منه رقمه في الامتحان على عجلةٍ، بعد أن كان يمتنع عن الحديث، وهو جالس في أحد أركان الغرفة العلويّة المختلَقة من صلبِ غرفة تسفُلها، شارد الذهن والعين، يحمل يدَه صوبَ فمه، ويقضم أظافره بنهمٍ، في أبلغ درجات اليأسِ والانتظارِ... أسرعت الأمّ بإرسال الرقم لأحد أقربائهم في المدن الدّاخليّة. لم تمرّ نصف ساعة ليصله الفرج.

قُضي الأمر، وتحصّل سعد على درجة لا بأس بهَا، وقد أوشك أن يتجاوز الدّرجة لما يلحقها... اعترته الفَرحة، أطلقَ صرخة، انفجرت منه كصرخة البداية الأولى بعد أن وطأ الأرض. أطلق عنانه بقفزة طوليّة عبرت مستوى الحزام، كرّر القفزة تواليًا. أسرع إلى حدّ الغرفة الضيّقة، ليعتلي الحائط بعد أن يثب عليه، ثمّ يعود للطّرف النّقيض. استمرّ الحال لدقيقتين أو لدقيقة ونصف الدّقيقة في الوثب كالمجنون. صُعقت الأمّ بما لم تره قبلًا. رأت فرحةً قلّ نظيرها، في موطن معزول ناء هامشيّ لا رائحة للسّعد فيه، غير الذي يتقاسمونه بينهم. لم تتمالك نفسها، فأطلقت زغاريد أيقظت بها النّائمين، معلنةً للعامّة استحقاق الفتى.

بعد إدراكه أنّ ساعاته تتضاءل في تلك الجغرافيّة القاحلة، حيث فرص التعلّم نادرة بعد المستوى التأهيليّ، شَعر بأنّ الوريد الذي ينعش القَلب قد اقترب من الانفصال عنه، بل إنّ قناعته بالموطن تفوق قناعته بذاته.

انتقل في اليوم اللّاحق للفرحة المشهودة، صوب قمّة الجبل المحاذي للمنزل، ما دام منزلهم مشدودًا إلى الجبل، وأقرب إلى السّفح، في محاولة إعلان وداعٍ من عالٍ للموطن، فهو لم يجد سبيلًا لذلك، غير التّشبّث بصلبِ الأرض التي لا تتزحزح.

بدأ الصّعود مستحضرًا ملمّات أرض هؤلاء الأحياء، والموتى في نظر الوطن. لامس في كلّ محاولة صعودٍ حجرَ المعبرِ، متذكّرًا طلوعه في وسط الشّتاء الآنفِ ذلك الحجَرَ الدّافئ الذي يُدفّئ المكان، ويمتصّ بعضًا من حرارة المساء رغم تدنّيها، فيكتنزها ليفرزها في تلك اللّيالي الباردة التي تؤكّد للبشر أنّ الأحجار رغم جفائها، إلّا أنّها أرحم من أولئك الذين يسيّسون الوطن الجريح.

بدأ يعدّ الأحجار الكبيرة صعودًا، إنّه ابن البيئة يعرفها جيّدًا. تسلّق الجبل، ولم تبق غير دقائق معدودات ليصل إلى القمّة، انطلق سريعًا واخترق ما بدا حوله، توقّف الفتى معلنًا انتصاره على ذاته. ها هو ذا يقف شامخًا أعلى القمّة، يسيحُ في نوستالجيا الذّاكرة، مسترجعًا بعِض الأفراح العابرة، يتذكّر في حضرةِ الطلوعِ كلّ شيء جميل؛ ولادة توفيق ابن عمّه الذي هاجر باكرًا، ذكراه عالقة وهو يعايش مخاض أوّل صغير تراه عيناه في العائلة، وزواج وليد الذي كان شاهدًا على رقصات الفتى، تحت وقع الدّفّ والبندير، يوم تأبّط خنجرًا فضّيًّا لأوّل مرّة، وتزيّن بالتقليد، في حضرة الرّقصة الجنوبيّة الشّهيرة «أهنقّار»، متأنّقًا بذاك الجلباب الأبيض، ومنتعلًا «بلغة» صفراء اللّون، نقش عليها بخيط أبيض سيف يميل في شكله للخنجر.

استمرّ في النّبش عن كلّ ما يراوده في ذاك اليوم الحميميّ مع المكان. استحضر الماضي البعيد والقريب، ماضي الأكدار التي يصارع الفتى بعقله لتجاوزها، ويصرّ القلب على حفظها بذائقته غير الميّتة.

أسرَه جلال الأرض الخلّاب، انتبه لأنّه لم يلتقط أبدًا صورة للمكان، صورة لجبال سلسلة «باني» التي لا يحدّها النّظر، وفي منتهى الجبل الواحد نهاية وبداية، كأنّ يدًا بديعة خطّتها، والفتى مدسُوسٌ وسط الرّسم، لوحة سرمديّة الجبال يرجوها الجيولوجيّ في إغناء مادّة بحثه. ظهرت له كثبان من التّراب المرصّع «كالبلاتين»، مكان يسمّونه «إبُودَّازْ»[1]، بأشكال هندسيّة فخمة، مهابتها في صفيحها المكوّر، آخذة في الجمال، وسالبَة للعقول، أيقونات مشكِّلة لطبقات ينقص مداها كلّما ابتعدتَ عن حافّة الوادي، إنّها تتراقص في شكلٍ طفوليّ عبثيّ ممتدّ. ويتماهى في ذاك المنظر المهيب لصورة الوادي، سعف شجر نخيلٍ، كأنّه مظلّات شمسٍ ممتدّة، يشكّل بتماسكه موجة هادئة على امتداد موضع الجريان، بلون زمرّدي صافٍ، يرسم معبر الوادي بانسيابيّته، كأنّه أخذ منه دور الرّيادة، أو استعارها قبلَ أن يتوقّف مداه، الذي حجبها ذاك الجُرف العَالي، المشكّل لذات البين، بين حصى الوادي الصّلدة، وجلاميد حجر الجبل العاتي. كان حال لسانه يقول: «ما هذا المزجُ المهابُ الذي أقدم عليه الأجداد؟ ما هذا الاهتمام القاسي الذي أولاه الأجداد لهذه الشّجرة الكريمة؟ هل لثمارها حكاية نجهلها؟ كيف استطاعوا إنباتها في مجرى سنويّ؟ من رعاها ومن زرعها لكي نحصدها اليوم في وسط يستحيل فيه المنبت؟ هناك لغز ذَهبَ مع الأجداد، وذهني غير قادر على الاستيعاب والإجابة».

---

(1) توصيف بلهجة محليّة -تَاشْلحِيتْ- يطلق على نوع من الصّحاري البيضاء، وهي عبارة عن هضاب منخفضة جيولوجيّة متراصة وممتدّة.

رفع عينيه ليرمق تلك المداشر القريبة التي تعاني في صمت بئيس، تلك القُرى التّرابية التي لم يصلها الإسمنت بعدُ، وتحصد نساؤها ذوات اللّحاف الأسود كلّ ما تجود به الأرض، لعلّها تهوّن عليهم ضرر الفقر، وهو يجسُر أنظاره من مدشر لآخر، لم يرَ غير جوّ قاتم يجثم عليها، ثمّ قال في قرارة نفسه: «هل من الخطأ أن نعيش في جوف الويلات المتلاحقة، وأن نطأ نحن الأهالي خطيئة لم نقترفها؟ هذه الصّحراء أفقيًّا، والغنيّة عموديًّا، تُنهل وتُمتح بالطّول والعرضِ، ونظلّ نحنُ في الهامش بتهميشٍ مزدوجٍ، لا عينًا رأت ولا أذنًا سمعت، ولا قلبًا رمقنا بعينٍ رحيمة، فما أقسى أن تكون إنسانًا! هل ذنبنا أنّ في ذواتنا وشمًا لرسم الحدود، والانتساب من أجل الانتساب فقط؟ رجاؤنا في أن تنظر إلينا عينٌ تحسّ وتدمع حالما ترى بئيسًا هزيلًا بآفة الحاجة كتلك المرأة الملحفة -كان يراها سائرة في الأرجاء محطّبة- تلك التي تجاهد وتناضل من أجل مؤونتها وقوت يومها، كان من الأحرى أن توشّح بقلادة الكرامة والإباءة والشّجاعة. آفتنا الأولى ليست سوى بحث مضنٍ عن اهتمام يُحسّسنا أنّنا أناس ولسنا جمادًا، معاناتنا في عزلتنا، وغبطتُنا في أن ننعم بمرفقٍ بسيطٍ يسدّ الحاجة من دون أن نتقفّاه خارج المدار، وأن تتساوى المواقع الصّغيرة مع الكبيرة في الرّعاية. هل نحن مغاربة فعلًا؟ أو متغرّبون في الوطن؟ سحقًا لقد أُفْلَت شمسُنَا وهوت، وحطّت رحلتنا الأولى في هذا المكان، أم المكان روّضنا وما يلائمه؟!! ربمّا فُطرَ الإنسان على الخطيئة ويستمتع بالأذيّة، وربّما «طاطا» قدّر لها الانعزال بفعلة فاعل أو أكثر»...

طأطأ رأسه والأسئلة تتناسل لا تكاد تتوقّف، لم يكلّف نفسه عناء طرحها فيما مضى. ربّما كان يعايش الوضع، ويستأنس بالأمر، أو كان ينتظر انعتاقًا من طرف مجهول، يحمل متاعب المدشر والبلدة، فيقذفها في نهر مقعّر وبتيّار شديد الاندفاع. لكنّ تلك الغاية لم تتحقّق، انتظر طويلًا ولم تنتفض

إحدى أساطير اليونان، وبات إحساسه بالإحباط الشّديد سببًا مباشرًا في هذا الدفق من التّساؤلات؛ سيغادرُ البلدة وغصّة المرارة ستخنقه، لا تحوُّلَ كائنٌ الآن ولا في الأفق، ولا تطوّرَ بادٍ للعيان، كأنّ المكان ظلّ في درجة الصّفر، لا درجة تزيد ولا أخرى تنقص، لا موتًا فعليًّا ولا حياة للقادم والعابر والمستوطن للمكان، بلاد تكتفي بدرجة الأمل بين صِبية لا يدركون أبدًا أزمتهم، وفراغ مهول يتنفّسه الجميع، من صبية، وشباب، وشيب، وواو المذكّر ونون النّسوة... الكل سيّان.

لم يستطع أن يظلّ في تلك القمّة أكثر من الزّمن الذي مرّ عليه، اغرورقت عيناه بدمع لم يعرف طبيعته. أهو أسى!؟ أم استعداد للمغادرة؟ أم فراق وشيك عسير تقاطرت أهوالُهُ على قلبه؟ مسح بيده على وجهه كأنّه كان في حلمٍ قصير، أعاده لواقعه، فأخذ يعدّد عدد خطواته صوب السّفح، خارت قواه وهو يستحضر واقع مكانه المؤلم، لم يألَف عيشة الأعالي، فعيشة السّفح تقيك من شرّ العزلة والانزواء، وتجعلك اجتماعيًّا بدرجة إنسان.

خروقات بغير عدلٍ

عبد القادر شابّ في مقتبل العمر، نبوغُه وفطنته مائزان عن الآخرين، ذكيّ بالفطرة إلى حدّ يخوّل له رسم خريطة تفكير مُحاوِره وتقصّيها، متوسّط القامة، ملامحه شرقيّة، شعر كثيف يغطّي قفاه، عيناه صغيرتان وصافيتان وهو في مستهلّ الاعتناء بذقنه ولحيته، شديد البياض حدّ البلق، عاشق للخوض في تلك الأحاديث التي تُغني خياله، لا يميل إلى التّفاهة، قليل المستملح، ونادر الابتسامة مع الغريب، بل يتحاشى الكلام الجافّ عادة، وهمّه أن يسير بخطى ثابتةٍ، ويأمل ألّا يزيغ يومًا عن تلك الطّريق النّيّرة والمتمخّضة عن النّجاح في كلّ ما يُرتهن بالحذاقة.

هاجر موطنه الأصليّ باكرًا، غادر الأطلس الكبير وهو نطفة، فوجد نفسه يتنفّس هواء المدن الملوّث، وفتح عينيه على البنايات الشّاهقة، وضجّة المحرّكات تدوّي في المكان، ودبيبها لا يهدأ سوى في ساعتين قرابة الفجر.

اختار أهله النزوح صوب إحدى العدوتين، فمشاق الحياة قذفتهم من الهامش صوب المركز طمعًا في حياة تسدّ الحاجة، وتغنيهم فيما يعتقدون أنّه من عاديات الزّمن الكبيس.

...

اليوم حصل عبد القادر على شهادة الباكالوريا، لم يجد أدنى ما يعيق ذلك، كان شديد الثّقة في النّفس، وقد تحصّل على ما يخوّل له الانخراط في الأقسام التّحضيريّة، بيد أنّه لم يفلح في ولُوجها، ربّما الأفضليّة لمن لا حياة

لهم في التّعلم، ولا درجة لهم في التّحصيل، مناصب معقّدة لمن يتوقون لمنالها، وسهلة المنَال لمن ليسوا لها أهلًا.

أهل رأس المال وأشباه البرجوازيين يطؤون تلك المدارس العليا الكبرى، من دون أن تطأ أرجلهم مدْخلها، إنّهم فئة طليعيّة غاشمة، يحشدون الشّهادات الكارتونيّة والمجّانيّة بالطّلبِ رغمَ أنّهم لم يمتحنوا يومًا، لملء جدران «الفيلات» التي تقع في مناطقَ حسّاسةٍ من العاصمة الإداريّة، أو في تلك الشّقق الباذخة بالأثاث المحدثِ الرّفيع، والواقعة في شوارع فرنسا الكبرى، وعلى مشارف عاصمتها... حاول عبد القادر أن يطبع اسمه ببسالته على مقعدٍ في إحدى المدارس التي تلائم تفوّقه وأهليّته، لكن من دون جدوى، فحال لسان البئيس يقول: «وا أسفاه، كنيتي في أرشيف النّسب معدمة».

لم يكن ذاك خيارًا وحيدًا له، لقد وضع على طاولة في المنزل، حزمة من الوثائق، بعدما أحَالها على مكاتب تصحيح الإمضاء، هو ابن الطبقة الهشّة، وقد استنزَفَهُ مقابل النّسخ والمصادقة التي تلتهم الدّنانير، بعدما دأب في تلك الأيّام على نسخ وثائقه بغية التّسجيل في مدرسة عليا تروي عطشه، وقصد بعضًا منها ممّا يُشاع أنّها تستقطب أهل التفوّق والامتياز في الأدب، أراد أن يتبع مسارًا يليق بتحصيله وتفوّقه، تقدّم إلى المعهد العالي للصحافة والإعلام، ولحسن حظّه أنّ ملفّه قد تمّ انتقاؤه، وكان ضمن الصّفوة، لقد كان ذلك بالنّسبة له شيئًا جميلًا.

اجتاز الامتحان الكتابيّ بنجاح باهر، وأدركت لجنة التقييم أنّ مثل هؤلاء لن يلجوا بخططهم الخبيثة في الإعلام مستقبلًا؛ طريقة سرده للمعلومة تظهر نوعًا من العفّة والعنفوان وكرامة النّفس، إنّ في دمه شيئًا من أصول الجبل الذي لا ينحني، يُخفي في أعماقه طهارة غير قابلة للافتراء والأذيّة،

أو لا يرضى أن يكون بيدقًا ذليلًا لخدمة أجندات بلطجيّة. ولقد كانت اللّجنة حاملة «لبروفايلات» دقيقة للمنتقين من المترشّحين، الذين سيشغلون مستقبلًا تلك المناصب الدّاخليّة، وعبد القادر لا يلائمهم طبعهُ، وهم بحاجة لدسيسةٍ تكبح جماحه.

أفل حظّ عبد القادر مرّة أخرى، وتجرّع مرارة أخرى. كان عليه ألّا يضع عنوان إقامته صريحًا على سيرته الذّاتيّة، لقد وضع حيًّا شعبيًّا تنشب فيه حروب أهليّة ضروس، وزاد من تضييق حبل المشنقة على رغبته حينما وضع الدّرجة الثانية في مستوى اللّغة الأجنبية على سيرته، ما لم شفع لحظّه العثر.

قدّم عبد القادر كلّ إجاباته بحيويّة، غير أنّهم وجدوا ذريعة لمستوى اللّغة الفرنسيّة الهزيل نسبيًّا، ليس كلّيًا. فهو ليس «فرانكفونيًّا» بارعًا في ملاعبة الحرف اللّاتينيّ، لكنّه سريع البديهة، وإن كانت اللّغة موئلًا للتّعلم، فهو يستطيع أن يتقنها بتفخيماتها وهمسها ورخوها وشدّة حرفها، لكنّ اللّغة في ذاتها لم تكن عِبئًا، بل كانت في حدّ ذاتها ملامةً للتّحجّج عليهِ. فالسبب المباشر في طباعه التي لم تلائم اللّجان حين مشافهتهم له حول أمور الحياة، وزاد عليه النحسُ، يوم أُدرجَ أحدهم في آخر الدّقائق داخل لائحة كان بالإمكان أن يكون طرفًا فيها باستحقاق، لقد كانَ أحوج إلى معجزة تزيح مقعدًا لـ «الصفريوي»، الذي تلقّى تكوينًا فرنسيًّا في البعثات الفرنسيّة خيار فرنسيّ فرنسيّ، فرنسيّتة سليقة كأنّه يحمل معجمًا متحرّكًا.

«المُفرنَسُ» لا يستطيع تشكيل جملة من فعل وفاعل ومفعول، كان يجهلُ لسان الوطن، غير أنّه عالمٌ بلسانِ من يتقلّدون الأحكام من الخارج، وهو من أسرةٍ ميسورة. جاء بوصاية وتزكية بعد أن أُغلقت اللّوائح الانتقائيّة، ولم يكن اسمه مدرجًا فيها، جاء ليأخذ شهادة داخليّة مجّانيّةً، لتكون سندًا له في كبرى المنابر الخارجيّة، لقد جاء ليغنمَ كما غنمَ أهلهُ على حساب البؤساء.

أمّا عبد القادر فقد لُجّم بعائق اللّغة، ولم يستطع الإجابة بلسان فرنسيّ عن أسئلة متناهية في التعقيد. ظهرت عليه ملامح التّائه آنذاك، فانصرف في هدوء، وعلّق عينه في السّماء، وذُبح كأنّه كبش فداء منحور. بدأت الانتكاسات تتوالى عليه، وهو في باكورة التنقيب والبحث عن الذات. كان يرى الحياة في ثوب ورديّ، وبساط أحمر، فها هو الرّماد الآن يُذَرّ في عينه، فتختلط عليه الألوان، ويصير الأحمر بلون الرّماد، والورديّ شديد السواد.

استمرّ من دون هوادة، من دون جديد، تكرّرت في وجهه «السّيناريوهات» ذاتها، وعادة ما تُفضَّل عليه تلك الشّقراوات، جسديًّا لا معرفيًّا، في كلّ مباراة شفهيّة، تجدُ اللّائي يظهرن بهندام غربيّ الهيئة، غير محتشم، يلتحفن بوشاح يُزال ويوضع حسب الزّمان والمكان. غير أنّ الزمان في صفّهنّ، ولم يرحم أهله.

ليس أمامه الآن سوى ولوج كلّيّة الآداب والعلوم الإنسانيّة في آخر المطاف كبديل نهائيّ، جميع المغاربة بمن فيهم عبد القادر يُقدمون على التّسجيل القبليّ عبر البوّابة الإلكترونيّة، فهم يخشون ضياع سنة جامعيّة، لذلك يتسابقون في وضع ملفّاتهم، لأنّها الملاذ في نهاية المضمار، حالما يعتريك الفشل في أن تختار مسارك. فلو كانت في فمك ملعقة من ياقوت لتيسّر الأمر برسالة صوتيّة عبر حساب «الواتس آب»، أو طويّة أو حتّى بتميمة لا يعتقها سوى أهل الشأو والإمارة. آنذاك تفتح لك الأبواب كأنّك تكتنز تعويذة سِمسمْ.

قُضي أمر الشابّ ذي الملمح المشرقيّ بأن يتابع مساره في كلّيّة الآداب بعد أنْ استنفد ما تيسّر له من مدارس لم تعرف قدره. عاد خائبًا صوب قريرة عينه، وأقبلَ على المنزل الذي صنع منه شابًّا لا يعرف المقت ولا أبجديّات العيش الملتوية، يشكو لمن يحتمل أنينه وقت الضّيق، وانشداد القلب بالسّوء.

هي تُدرك أنّه ينسى سريعًا شدّة الحزن، ويحتاج فقط إلى تطهير روحه من أدرانها.

ربّتت عليه أمّه، وصدحت بقول حكيم: «كلّ نجاح في النّهايات، رجوع إلى الله في البدايات. فارتشد بخالقك واذكره يا صغيري. عد له كما البدايات، تجده معينًا لك، وتجدكَ ناجحًا في نهاياتك. لا تقنط من رحمته، واحفظ الوصيّة».

نظر إليها بعمقٍ، فأدرك بأنّه كلام صوفيّ للحلّاج أو الشيخ الأكبر أو السّكندريّ، فانتشى به ولانَ، هو يعلم أنّ إعلام أمّه مذياعٌ كلاسيكيّ أصيل، يزيّن جنبات المنزل خارج أوقات الاستعمال، إنْ تنازل عن وظيفته الإعلاميّة والإخباريّة، أمّا في كُنه التّوظيفِ فتجعله رفيقًا لها معلّمًا إيّاها الصّبر في كلّ ضائقة، وفي جرأة السّمع والنّهم في الإنصات، فالعين لا تخلو أن تكون مشوّشًا على الأذهان. لذلك تحابي المذياع وتتفادى كلّ ما يتودّد على البصر. رأى أنّها مقولة قد اقتبستها وحوّرتها، أو ربّما صارت منتجة بعد أن أدمنَت السّماع، واحترفت الصّوغ والحياكة.

أسعدته الكلمات، فخلد لغرفته ليأخذ قسطًا من الرّاحة وينسى تعبًا ألَمّ به بعد أسبوع حارق، يأتزر بإزار أبيض، فالصّيف ساخن، والحرارة قد شرعت في نشر صيتها، وخيط تلك الشّمس الحامية إبّان منتصف الشّهر السّابع يفشي الاسترخاء، لم يقوَ على النّهوض، ولم يتقوّ على أخذ حمّام سريع يزيل عنه تعب المشي الطويل، والعرق الذي يسري في جسده. وضع رأسه على وسادته التي تحمل غمّه، فذهبت به سريعًا إلى ما يرجوه. سبات عميق يعيد إليه شيئًا من طاقته، ويشحنه بقليل ممّا أهدره، إلى أن يزيح ما تبقّى منه، مع رشّة ماء مطّردة ناعمة بعد الاستيقاظ.

...

انتهت أشهر ترتيب أوراق عام لاحقٍ جديد، وأوصدت المؤسّسات أبوابها، بعد أن تمّ تنضيد ملفّات استقبال الباحثين لبداية ربيع قادم.

كان الصّيف حارًّا، أشاح عبد القادر عن وجهه خيبة الأمل، وتقبّل ما آلت إليه أموره، رغمَ فتات ندم بين الفينة والأخرى. بدأ ينسيه الزّمان رويدًا رويدًا، فالنّسيان نقمة ونعمة.

ناداهُ الأطلس، أحس بأنّه في حاجة إلى جرعات إضافية من النّسيم المطهّر لما يخالج النّفس ويعتريها من سلبية تراكمت على امتداد البحث عن الذات، إلى صفاء الطبيعة المفعمة بالحياة، والأوكسجين المجّانيّ الذي اشتاقت له الرئة.

بدأ رحلة إلى الجبال الشّاهقة التي تفوح عنبرًا، وأشجار الأرز الوارفة ظلالًا، وكلّ شيء غير مصطنع، إلى تلك الابتسامات التي ترسم على محيّا كلّ عابرٍ في زقاق ترسمه خطًى المارّة، إلى تلك الملامح النّسائيّة الموقّرة التي لا تحمل ولو نزرًا يسيرًا من المواد التجميليّة القناعيّة اللّعينة والزّائفة.

حطّ رحاله بالمكان، كانت الرّحلة سريعة من مدينة سلا، انتقل عبر رحلة القطار المكّوكيّ، أراد أن يروي فضوله بركوبه، نال منه الاستعظام وهو يقترب من محطّة القطار. شيء لم تره عينه من قبل، رأى محطّة القطار «أكدال-الرباط» مجهّزة بأرفع وأرقى الوسائل المحدثة، زجاجيّة الشّكل، بهندسة غربيّة، وبمجال أخضر يحوّطها، وفي جنبات أبوابها الكهربائيّة تتواجد سيّارة رباعيّة الدّفع من نوع «جيب»، تنبعث منها ألوان تعلنُ وجود عناصر الأمن للتّدخل في أيّ لحظة مشوّشة على المكان، تبتغي ترهيبًا أو تفزيعًا، أو حتّى محاولة جزعٍ عبثيّة، ليس في ذاتها، بل بعناصرها البشريّة التي تضع بزّة زرقاء اللّون، متقنة الصّنع، نسقيّة اللّون، استهلالًا بالقبّعة الشّمسيّة، إلى منتهى ذاك الحذاء الرّياضيّ المتين. يقفون على ناصية المدخل مفتولي العضلات، يعانقون

سلاحًا ناريًّا، لا يفقَه في عياره وفي نوعهِ شيئًا. رمق عناصرَ لا يكثرون من الحراك، كأنّهم أمثال «الروبوتات». ربما هي شؤون داخليّة لا علم للغريب بها، أو لعلّه خوفٌ من إثارة رُعب عابرٍ محتملٍ، فهم يعبّرون عن السّلم بذلك في حضرة السّلاح.

ولج المحطّة كأنّه ليس مغربيًّا، وكأنّها تتنافى والزمنَ الذي يعيش فيه، هاله النّظام، وتلك المحلّات التّجاريّة الفخمة، وتلك الابتسامات من الخدمِ والسّلالم الكهربائيّة، وطوابقها، وعوامل الرّاحة، والأرائك وبعض الكراسي الخشبيّة في كلّ حدب... فاستنفرته جدليّة المركز وما يشبه الهامش، جدليّة الخارج والدّاخل، الخارج بحروبه الوطاسيّة والوثنيّة، والدّاخل كقطعة مستوردة من وطنٍ متقدّم. تساءل عمّا إذا كانت تلك المحطّة تروق لأمثاله، أم هو متطاول على المكان، ولا يخلو أن يكون عابرًا ينشّط الجولانَ، معتقِدًا في قرارة نفسه أنّ المكان يصلح بالأحرى لرجال الأعمال، وأهل النّقاهة، وأصحاب الإجازات من الغرباء، الذين يقصدون دار الضّيافة والاصطياف، وحانات اللّيل، وفنادق النّجوم الخمس، وكلّ ما هو جميل، ظاهرًا كان أو خفيًّا، نقيًّا أو بذيئًا.

قطع ساعات قياسيّة بعد إتمام الرّحلة من «الدّار البيضاء» بحافلة نقل، وتوقّف المكّوكيّ في حدود نهاية خطّه، لم يشأ أن يستمرّ في قطار سريع بديلٍ مشوّه المعالم صوب «مراكش»، ينفث الحرّ صيفًا في قواطره، والبرد شتاءً من مكيّفاته، وبتسعيرة مرتفعةٍ مثقلة للكاهل، حيث يتزامن الأمر وتقاطُرَ المهاجرين من دول الشمال والمشرقِ، في ذاك الشهر الذي يثير الجميع.

وصل الفتى بعد رحلة مكّوكيّة، يرفع عينيه فيلمح لوحة مكتوبًا عليها «إملشيل»، بلون أبيض على خلفيّة زرقاء. توقّف على بابهِ. الصّعود مستعصٍ إلى مقصده بين الجبال، لأنّ مسالك المكان وعرةٌ. أراد أن يُكابد ما قُدّر له،

ليصل إلى بقعة يسكُنها عمّه، الذي ظلّ وفيًّا لتلك البلاد المهجورة. بدا جالسًا ينتظر دابّة أو دليلًا أو ما شابه ذلك، فانتظر ما تيسّر له من الدّقائق والسّاعات ليُظهر من يقيه فيما يشبه الإسعاف في مكانٍ غريب جديد، لا يعرفُ فيه سوى ما يحومُ حوله اللّحظة، وما يحاذيه في الموضع الذي نزل فيه حديثًا.

أخذ منه السّؤال والامتطاء ساعة ونصف السّاعة، بعدما أرشدَهُ أحد المارّة لدارِ عمّه وموقعها، وتكفّل أحدهم بتوفير بغل يفقه المسالك التي تمكّنُ من اختراق شجر الأرز الكثيف، والرّعراع المتلاشي. تمرّن من خلاله الشّابّ على الاتّزان على ظهره، واستطاع امتطاءه بمشقّةٍ.

انتقل لدار عمّه «أنّير»[1]، والسّاعة تشير إلى الثّانية عشرة صباحًا. نقر نقرتين أو ثلاثًا، فخرجت بنتُ عمّه التي تبلغ من العمر ستّة عشر ربيعًا. يكبرها بسنتين، ولم يلتقيا سابقًا، أحدهما غريب عن الآخر، اللّهم إلّا تلك المهاتفات السّنويّة والمناسباتيّة، يسمع صوتها وهو صوت يختلف كثيرًا عن الصوت الطّبيعيّ. نبرتها رقيقة، ملامحها مُبيضّة، ووجنتاها محمرّتان إثر ما خلّفه الصّقيع الشّتويّ الذي ينهش الأجساد، ويقتل طبقات الجلد. قدّم إليها نفسه، بتلك الكلمات المتمتمة، بلغة أمازيغيّة أطلسيّة غير جيّدة، بيد أنّها مفهومة: «عبد القادر ابن عمك، الـ...»

لم تجعله يتمّم حديثه، فطارت عليه بعناقٍ حارّ، ترجمَ الفقد، وبُعد مسافات القرابة، وأنين الفراق، وشوق المحبوب، ووحدة الدّم، وحياة الغربة والغرابة، وارتياب اللّحظة المختزلة لغرابة وغربة داخل وطن واحدٍ. بدأت تتحدّث بعبارات سريعة، في طيّاتها تأنيب وصبابة، فأمرته بالدخول: «أهلًا وسهلًا».

لم تمرّ سوى بضع دقائق، إلى أن وجد عمّه جنب جبينه ذلك القلب الذي لا يحمل غلًّا أو حسدًا، الغارق في الدماثة، علّمته تلك الطبيعة الحنون،

---

(1) اسم علمٍ أمازيغيّ، يحمل صفات النور وهو الملاك.

ونهل منها خلقًا قلّ نظيره، في واقع منخور بالتّفاهة وبالقتال، ماشيًا يصدح قبل دخوله: «ابن أخي بيننا، وفي عشّنا، إنّه يوم بهيج ومترعٌ بالدّفء».

تعانقا، وقبّل الولد جبهة عمّه مطلقًا في صوت ممتدّ: «عمّي».

جلسا وتبادلا أطراف الحديث على مائدة مصنوعة من بقايا خشب الأرز، وفوقها إبريق أترع بالشاي الأخضر، وبعض الفواكه الجافّة. أحسّ بالبساطة، وذابت الكلفة، وحلّت الألفة والتّواضع، هناك عاين يُسر الحال، وعسر المكان، في تلك الشّواهق من الجبال النّائية. استفسر من عمّه عن أسباب خلوته، فردّ العمّ قائلًا: «لو كانت قناعتنا بالأرزاق كقناعتنا بالأوطان، لما اشتكى أحدٌ الرّزق يا فتى، ولا شكّ أنّ عسر العيش ينسينا رغده. ولدنا هنا وهنا نموت، قناعتنا جارفة وثابتة كثبات كومة الصّخر الذي رمقته في جنبات المنزل، أحببنا المكان وسكننا وسكنّاه، يكتنزنا ويؤوينا في اللّيالي الشّداد ولا يُجْلينا، يوفّر لنا قوت العيش ولا يغلبنا، فإذا سألت المكان عن الهجرِ، ثار عليك، وإن أردت فصله ونصله وصلك، صعوبة المكان أقلّ روعة من شرّ البشر يا صغيري، هنا نهْنأ».

سأل ابنة عمّه «تِتْريت»[1] عن أحوال الدّراسة، غير أنّها جالت بما حمل الجمل، ولامست كلّ شيء يخصّه، وضعها ووضع رفقتها، فنطقت في صوت كالهمس، ساردةً: «نقرأ في قرى المغرب غير النّافع، لا شيء يأوينا من الاعتداءات بأنواعها غير أخلاق أولئك المتورّعين، الذين روّضهم حنين الجبل. أمّا الغرباء فخشيتنا منهم قاتلة مرعبة. عائقنا الأكبر شتاؤنا، ودافعنا الأعظم حالنا وحال أهلنا».

«وما أهوال الشّتاء؟».

«في الشّتاء نصير أسرى الكهوف، ننقطع عن العالم الخارجيّ، ونلبث في حجراتنا أيّامًا حين تشتدّ الثّلوج، وتغرق المكان».

---

(1) اسم علمٍ أمازيغيّ مؤنث، يقابله اسم نجمة في اللسان العربيّ.

«ودراستكِ؟».

«إعداديّتي بعيدة عشرات الكيلومترات عن المسكن، هناك نُمسي في سكن داخليّ ونصبح، تظهر لك الجدران متينة، غير أنّ ما تمرّره الثقوب يفوق بيت العراء، تفوح رائحة كريهة اشتاقت لشمس الزّوال، الصباح بارد والوضوء بماء أبرد، شوقنا للدفء قاسٍ ومرير».

شعر كأنّه في ذلك المكان، فهم تمامًا ما يعنيه أن يعيد الإنسان اليوم الواحد في أيّام الأسبوع، إنّه المغرب المنسيّ الذي ينسينا أنّنا مغاربته، بل اغترابنا، إنّ اسمنا على مسمّانا...

طاوع الدّمعة، ودفعه أمر السّؤال للتّأسّي، وبدأ يستكشف تباعًا مرارة الحياة، فقد كان الشّابّ فيما مضى داخل غرفة مظلمة مكتومة، تحجب رؤية كلّ شيء بخيس خسيس، في علبة محكمة الإغلاق، يُحكِمُ الإغلاق كيلا يُعرفَ ما يحوم في الأرجاء وما يحوم بين المغاربة من أكدار بعضهم البعض، ليس قصدًا بل جهلًا، وقصدًا من المسؤولين الذين يخبرون المُفَذْلَك من المكائد، ولا يتحرّكون إلّا إذا أُجبروا كرهًا على التّحرّك لطمس صدى الوقائع. الآن وقبل الآن بأيّام معدوداتٍ خلت، فتحَ عبد القادر نافذة أضاءت ما يجوب ذاك الظّلام الدّامس الذي يسود المكان ويندسُّ فيه، بدأ في تحريك عجلات مخيّلته، وأخذ يحلّل شظايا الواقع، وجد فسادًا إداريًّا، وقتلًا هامشيًّا مزدريًا، يقزّم الأفراد ويفصلها عن حياة الإنسان.

قلّب عمّه الشّاي، ووضع حزمة نعناع من جبل توبقال، ففاحت رائحة تلك الأرض الكريمة البديعة، رغم قساوتها، بشيء من أشجار الزّعراع وبعض قطرات الأرز العملاق، والصلصال الذي تتقاذفه الرّياح. نعناع سقته بقايا ثلوج الشّتاء الذي يعقبه الصّيف، يوم تنسلّ من أعلى القمم مع ذوبانها، وتنحدر فوق ثنايا السّطح وفي جوفه، لتنتهي في تلك الأحواض الدّائرية الشّكل،

وتتسمّد ببقايا ما تخلّفه القردة، وتلك الحيوانات الوحشية التي تجوب المكان بين الرّسوب هناك تنبت وبين الثقوب وبجنبات تلك الأحجار الكلسيّة تنبثق وتتفجّر من دون قصد إلى الإنبات، فيتنسّم به ذاك الأخضر، الذي ينتصف لقسمين في كأسٍ زجاجيّة، نصفها سائل وآخر زبد مفقّع.

...

توالت أربعة أيّام في ذاك المنزل العتيق، الذي يسع الأرض بما ضاقت، ألِف الفتى الجوّ، وصادق الحجر الكلسيّ والتّراب النديّ بعد رحيل الشتاء.

في اليوم الخامس من مكوثه في تلك الجنّة الأرضيّة، استفاق على حادثٍ أليم، في إحدى الدّواوير المجاورة شاع خبرُ قتل أجنبيّتين، إحداهنّ شقراء، تبلغ من العمر ما يقارب ربيعها العشرين، وهي أقرب إلى النّحافة، والأخرى أوشكت أن تستوفي عقدها الثالث، نحيفة هي الأخرى، قصيرة القامة ذات شعر أسود داكن.

جاء العمّ مهرولًا مرتعدًا مرتبكًا يملؤه الارتياب: «عبد القادر، بأيّ ذنب قُتلتا!».

استقبل صوت عمّه من دون أن يستوعب تلك الكلمات السّريعة المتقطّعة، أعاد العمّ الكرّة: «أجنبيّتان ذُبِحتا قصرًا وعسفًا».

انتفض عبد القادر من جلسته واقفًا، كأنّه صُعق بشيء من التيّار، فردّ في حيرة: «كيف؟ ومتى؟ وأين؟».

أجابه العمّ، وهو كالمجنون في حركاته التي تشبه أصحاب الجذب متلعثمًا: «هناك في غرفة ينعم فيها الطّالع بقسط من الرّاحة قبل أن يستأنف المسير لقمم توبقال الشّاهقة، أو ما يحاذيها من تلك الجبال العاتية العالية، قتلٌ وحشيّ، كما يفترس السّبع صيده، إنّه افتراس حيوانيّ الشكل، لم تر عيني شيئًا من هذا القبيل، ولم تسمع به أذناي، لو لم تكن هناك تلك السّكّين الحادّة،

لقال الجميع: إنّه وحش مفترسٌ دخيل على الغابة، داهمهما في أثناء نومهما. ربما كان يقتفي أثرهما».

خالج الأسى عبد القادر، واختلط له الحابل بالنّابل، لقد بجّل المكان كثيرًا فإذا به يُصعق بغتة، فكيف لذاك المكان أن يكون قاتلًا؟ استفسر: «وهل سبق أن شهد المكان سفكًا مماثلا؟».

استرسل العمّ وهو يومئ برأسه نفيا: «لم يحدّثني التّاريخ عن هذا سابقًا، وأنا أسكن المكان ما يزيد عن أربعة عقود ونيف، إنّه حادث أوّل من نوعه، وركبتايَ لا تحتملان الوقوف، لا أعلم هل هو إشعار بالمغادرة؟ سيقتَل فيَّ الإنسان، أتنفّسُ خلوتي، ونقلي أو تهجيري إعلانٌ لقتلي وحتفي».

خارت قوى العمِّ، لم يقوَ على التخمين أكثر وقد خمّن كثيرًا في الآن ذاته، تزاوجت الهواجس لديه، واصطدم عنده المنطق بالعطف، فاختلطت لديه المشاعر، ففي عمقه طفلٌ صغيرٌ تعايش مع مكنونات الموطِن وموجودات المكان، طفلٌ لعق تلك التّربة، وشربَ معينها، حينما ينبطح في وقت الإمطارِ فترويه، تربة تماهت معه، ودسّت فيه ما دسّت، لم يستطع أن يتحمّل سهمًا غادرًا يصيب ما لا يُصاب، فهوى إلى الأرض في لحظة أنسته من يكون، وأجلته عن عُرف المكان.

...

فتاتان إسكندنافيّتان في عمر الزّهور، انطلقتا صوب المغرب في رحلة بحريّة ترابيّة، كانت أولى الرّحلات الخارجيّة، خارج ثراهما حيث قارّة البشرة السّمراء، وموطن الثّقافات الغنيّة، وأسرار الطّبيعة، ومضاجع الحيوان بتباين أشكالها، فانتهيتا إلى وجهة المغرب، غير أنّ الفتاتين قُتِلتا بطعنات غادرة، ولا شيء من رغبات استكشاف المكان تحقّقت، بعد أن اندفعتا بانشراحٍ قيد حياتهنّ صوب المجهول، أرادتا أن تجابها الواقع، وتتحدّيا ذاتيهما،

بأن تجوبا بعض أقطار المغرب، برمجتا رحلة جبليّةً أوّليّة استكشافيّة، تعقبها أخرى صوب الكثبان الرّملية لمدينة لصحاري مرزوكة، لكنّ السّير والجولان لم يكتملا، فهما لم تتمّا المطاف. تواجدتا قرابة توبقال، في «شمهروش»، وسط مسالك جبل «إمليل» الملغومة المستعصية، في محاولة لالتقاط أنفاسهما قبل إتمام المسير. فرشتا الأرض بتلك الأغطية الخفيفة المحمولة على أكتافهما، في غرفة مهجورة، سلمتا ببديهيّة الأمن، والتمستا لنفسيهما شيئًا من رخاء الجسم، لأنّ الاقتراب من القمم يزيد من ارتفاع الضّغط، فأخذتا فسحة تمسح عنهما التّعب، لتستقبلا كتلة هوائيّة أوكسيجينيّة ترفع لهنّ معدّلات «الأدرينالين»، وتحفّزهنّ في مسار منيعٍ...

مباغتة ليليّة غادرة أنهت الرّحلة في رمشة جفن. هاجمهما وحش آدميّ، تلقّى أوامر القتل بجهالة، مقابل ولاءٍ وثنيّ إرهابي، جيّشه بعد تكوين بُعدِيّ، في طرق النحرِ، وفصل الرأس عن الجسد، وكذا ساعات القتلِ، في ضرب سافرٍ لمبدأ الاختلاف وحرّيّة الاعتقاد.

أمور مجتمعة يسّرت لأولئك المتشدّقين، تحريك بيادقهم، لقول عبارةٍ تتكرّر بينهم، فحواها: «تمّت العمليّة بنجاح»، وبشريط مسجّل موثّق، لتنزل عليهم بركات سادتهم، ويُرضى عنهم.

شاعت الأخبار بعد محاولة فاشلة للتستّر على الواقعة. «المقدّم»[1] الذي كان سيتقفّى أثر أولئك المرهبين، خرج آنذاك عن «إملشيل»، ظنّ أنّ الأمور هناك تحت السّيطرة، ولا فرد يستطيع أن يدجّج صراعًا معيّنًا، الأمر

(1) المقدّم مؤسسة قديمة في تاريخ الدولة بالمغرب، حيث ارتبط أساسًا بالبنية الهرمية والتراتبية عبر تطورها التاريخي. يمثّل السكان ويشرف على شؤونهم المحلية والجماعية. نظرًا لانتمائه القبلي، واطّلاعه الدّقيق على مختلف جزئيات الساكنة، يتولّى إبلاغ القائد- الذي يعدّ رئيسه المباشر- بمختلف ما يجري في دائرته، من أحداث وحوادث تتصل بحياة وأنشطة السكان.

الذي استشعره القائمون على القتل، وأحسنوا استغلاله، تناسى «المقدّم» أنّ دور المسؤولين وحذاقتهم في ضبط التّفاصيل الصّغيرة والضّيّقة، وتسجيل الحضور وقت الفراغ. لقد اقترف «المقدّم» خطأ جسيمًا في تغافله، فرغم أنه في أدنى مراتب السّلطة في الجهاز، بيد أنّ وظيفته أبلغ وأشدّ تأثيرًا، فهو الذي يعايش العامّة ومستوطني المكان، والخوارج وكلّ داخل، يضبط سجلّات الأسماء، ويُعلِم بكلّ من حلّ حديثًا بالوسط.

اقترف «المقدّم» خطأ مزدوجًا، مغادرة طوعيّة غير مبلّغٍ عنها، في غياب من ينُوب عنه، وتحاشيه الإبلاغ عن استجمامٍ صيفيّ منفلتٍ، معلنًا لنفسه انتهاء مهمّته التّمشيطيّة، وشبحُ نسف منصبه يراوده، أمّا الزّلل الأكبر، فهو انتشار خبر القتل الذي كان سيصدّه ويحجبهُ كنارٍ في الهشيم، فحضوره في ذاك المكان، يولّد خشيةً لذوي النّوايا المبيّتة، وبرزخًا يقي من التّسيّب قليلًا، بيد أنّه أساء التّقدير، وساء به الأمر مصيرًا.

تقاطرت وسائل الإعلام على موقع الحادث، أغلبها منابر أوروبّية إسكندنافيّة، وحلّت الشرطة العلميّة بالمكان أوّلًا، عبر حوّامة لم تجد لنفسها موطئًا، اكتفت بالتّحليق، ونزّلت عناصر التّشخيص الأوّليّ بحبال سميكة تُغنيهم عن شرّ المسالك ومعهم معدّات مسرح الجريمة، حوّطوا المكان بلاصق أصفر لا يُسمح عبوره، صوت المصوّرات يطغى على المكان توثّق جثّتين هامدتين تروّعان الرّؤية، قميصين ملطّخين بالدّماء المتجلّطة، وبركة حمراء. ذُبحتا بطريقة واحدة، قبلَ أن تكشف الأجهزة عن ذلك، كما تظهر الأشرطة المسجّلة والمنتشرة في مواقع التّواصل الاجتماعية، قبل أن تفلح محرّكات البحث في منع بثّها، الطريقة الشرقيّة بفصل الرّأس عن الرقبة، متحاذيتين... رأى الجميع قتلًا لا رأفة به، ولا رحمة تملأ قلوب القتلة.

استفحل خبر القتل في الانتشار، صار قضيّة تناقلتها المجموعات والصفحات في الفضاء الأزرق، بعناوين تُرعش الأبدان، والغاية محاولة اجتهاديّة للبحث عن القاتل.

أمّا «المقدّم»، في أوّل مهمّةٍ للرّدعِ، فقد فشِل فشلًا شنيعًا، فلا هو حدَّ السّفك بوجوده، ولا هو احتوى الحادث في ظلّ غيابه.

تعالت الأصوات للنيل من المجرمين الفارّين من العدالة، قبل أن يُصدَح بجريمة مخاتلة من الدّرجة ذاتها. لم يُكشف سرّهم في أوّل وهلةٍ، إلّا في محطّة المسافرين، حيث ضبطهم حارس السيّارات الخارجيّة. لقد وصلته الإرساليّة التي أطلقتها الجهات الرّسمية، ثلاثة رجال قد أخلوْا المكان، يُشتبه بهم، تلقّى كلّ من في الجهاز أوصفاهم، أحدهم في ربيعه الواحد والعشرين، متوسّط القامة، عريض المنكبين، شعره يميل إلى الأشقر، طويل اللّحية، حليق الشاربين. والآخر طويل القامة، ذو لحية متوسّطة، بشاربين، أصلع، في عمرِ الثّلاثين ونيّف. والثّالث بعينين عسليّتين، ليس أسمر، بل يحمل بعض معاني السّمرة، لقد كان راعي غنمٍ، وقد انسدل عليه الشّعر، ووصل حدّ منكبيه، أسفل الرّقبة.

ما هي إلّا ساعة من الزّمن بعد الفرار، بعد ثلاثة أيام من الواقعة، حتّى لمح حارس داخل محطّة طرقيّة ثلاثة رجال حائرين، لا حيلةً لهم، إلّا تغيير في ملامحهم. ذكاؤهم الهاوي دفعهم لوضع هندامٍ خلافًا لما يلبسونه عادة، مع قصّ شعر الذّقون، أرادوا الاندساس بين المسافرين، وركوب رحلة لا تهمّ فيها الوجهة، أكثر من الابتعاد، ذلك الأصلع قد أفشل الخطط ونسفها، كشف أمره سريعًا وكشف أمر الثّلاثة، فقد فشلوا في امتحان الهروب، وكُشف أمرهم سريعًا.

إنّهم لا يدركون أنّ حظوة الدّولة في أولئك الحرس الأمناء، وأنّ حصانة الوطن في أولئك الذين يلبثون في اللّيالي الممطرة والحارّة حماةً، بعيون كاشفة لا تنام ولا ترمش، أولئك الذين خوّلت لهم معاشرة الشّارع فراسة

الملامح بين التّائه والمبتهج والبائس والمجرم والكريم والمحاكي، ومنْ في بطنه شرّ قوم، ومن على ملامحه شيء من الارتياب... إنّهم المنقذون.

تمّت مصادرتهم، وهم يستعدّون للركوب، حملوا معهم أدلّة الجريمة بارتباكهم، لم يحترفوا بعدُ القتل، كانت جريمتهم الأولى. استمرّت التّحرّيات والتّحقيقات، وقُضي الأمر بسند التّصريح بالفعلة، والاستعداد للإقدام على المزيد... بعد يومين كاملين حلّ الخبر بالمكان، واستنكر الأهالي ما يقع. لم يستوعبوا ولا هضموا الحقيقة، كيف لأولئك اللّبقين أن يدنّسوا أياديهم بجريمة نكراء؟ كيف لأولئك الفتية الذين لا يقْدِرون على قول السّوء أن يقترفوا هذا الخطب الجلل؟ إنّهم أفضل ما حبلت به الأمّهات قبل الجرمِ، لقد صاروا عالة، كما تكلّم الأهالي.

استمرّ مسلسل المصادرة، رفع «القائد»[1] تقريره في حدود مسؤولياته، وضمّنه وجود «المقدّم» خارج المكان قبل الواقعة، ما استعجل عزلهُ بداعي الإخلال بالواجب المهنيّ، مع عقاب لم يُفصح عنه بعد أن تمّ تهجيره، وقد تمّ إحلال الحارس الذي أسعف الجهاز باعتقال أولئك الآثمين، ربّما هو تبادل للأدوار، وتغيّر المواقع، بعد أن هوى «المقدّم» من درجته، وصار عقابه في عِداد المجهول.

بدأت الأمور تُسترشد وتعقّل، وبدأت الحياة تدبّ كما كانت، بل صارت أكثر تقنينًا، مع إجباريّة الدّليل لكلّ مُقْدِمٍ على التسلّق، ووضع مخيّمات بأثمان جزافيّة تعجيزيّة لا تفضيليّة، وبأسرّةٍ محاذية متقاربة مصفّفة. استُغلّ الحادث بالشّكل الذي يخدم أجندات السّياحة، وصار فضول النّاس أكبر للمغامرة، وسياحة المكان واستطلاعه، وزادت نسب الزّيارات. هكذا جُبل الإنسان، فالفضول إرث قديم، وملكة اكتُشفت مع الحبوِ.

(1) يتولّى القائد مسؤولية القيادة داخل الجماعات القروية كممثّل لسلطة التنفيذية.

استراح العمّ، وبدأت الأيّام تنسيه ألم الفاجعة، وحان وقت مغادرة عبد القادر. تمكّن من البقاء مع عمّه في وقت الشّدة، لقد تعلّم الاستماتة ومطاوعة الدّم. كان فراقه ذا وقع، أدرك أنّه قد فوّت على نفسه متعة العين، فيما سلف من عمره، يأكل أصابعَ النّدم، وهو يدرك أنّ الغياب سيطول. لقد صار باحثًا، سيمكث كثيرًا بين الرّفوف، ويعانق الأوراق.

ودّع العمّ والبنت بالدّمع، ودّع ذوي السّريرة الصّافية. شيّع الجميع في انكسارٍ، وعاد للعَدوةِ ثانيةً، عاد الفتى عبد القادر إلى سلا محمّلًا بذكرى أليمة، وذكريات عظيمة مع من يسكنون ذلك المكان.

مغادرة حتميّة

حمل سعد على ظهره محفظة جلديّة وضعت أمّه فاطمة فيها بعض الأشياء، كفّ عن الحديث الزّائد، بل اكتفى بكلمات متقطّعة في عناقه الحارّ معها ومع بعض أقربائه، أحسّ بوخز الفراقِ وحدّته، سار بخطى متثاقلة يعبر المساق الفاصل بينه وبين سيّارات الأجرة بمئات الأقدام، فوق تلك التّربة التي يتعالى هبَاؤها في كلّ مشيةٍ، فينتقي ممرّات تقيه شرّ الغبار المتطاير وهو في أهبة المغادرة.

استوعب اقتراب العزلة، تأهّب لركوب الحافلة التي ستقلّه صوب العاصمة، وهو يحمل سجلّاته التّعريفيّة في جزعٍ مضنٍ، كأنّه يحمل ذخيرة ممنوعة محظورة، خوفه الأكبر أن تنفلت من يده.

مستلقيًا على أحد كراسيها، راح يرتشف شرابًا ساخنًا مهدّئًا عند كلّ محطّة للحافلة على امتداد اثنتي عشرة ساعة أو أكثر، أراد أن يعبُر الرحلة وهو في سبات أو شبه إغماء، لكنّ الأحلام تناوِئه، ونوستالجيا الذّاكرة تعيده لزهاء الصّبا وشغبه، ومذكّرات الطّفولة وشغفها، وشيء من سنوات الدّراسة الإعداديّة في ذاك المرفأ الرّمليّ، بمحاسنه ومساوئه. يهيمُ ويحيا في تلك الظّلمات الّتي تلين القلب رغم جفاء الصّخور، في نهار تلك الأرض، ظاهرٌ أجوف، وفي جوفها روح تنعم بالحياة، هناك في تلك التّربة الفيحاء، فسيفساء إلهيّة دؤوب... أراد أن يوقف السّيل، فأعلن سريعًا مع ذاته تشييعًا، وأمسك للحظة حدادًا.

نسي جبرًا ما راوده، صار همّه الوصول لنقطة النّهاية، رجاؤه في أن تتوقّف عجلات الحافلة، ويسمع إشعار أحدهم، يكرّر «الرّباط، الرّباط، الرّباط».

كانت رحلة شاقّة وطويلة، لقد تحقّق نوالهُ، سمعَ صوتًا يعلنُ الوصول، سيقطع بعد ذلك كيلومترات معدودة كي يصل لضفّة سلا، هناك يقطن أهلٌ من قرابة دمِه، لم يأت للتّسكّع، لكنّ مجيئه تجوبه غايةٌ، فقد أغواه التّسجيل في جامعة محمّد الخامس، جامعة ذات سيطٍ وباعٍ، إنّها جامعة «شيكاغو» المغربيّة.

وضع سعد نصب عينيه كلّيّة الآداب والعلوم الإنسانيّة، لكنْ لم يحن الوَقتُ بعدُ، وجب عليه انتظار ميقات الإعلان عن فتح باب التّرشّح، لربح مقعدٍ مع أولئك الوافدين عليها، يعلمُ أنّه جنوبيّ-شرقيّ، لم يكن سيّئ السّمعة، لكنّ سمعة أهل الصّحراء سيّئة.

استغلّ فترة الفراغ، ومارس ما تيسّر في التّجارة مع قريبه، وفي مكنوناته وابلٌ من الفوضى، تائه الخطى كالسّائر في صحراء مقفرة تتشابه فيها الأوجه، وتُضَلّ فيها الوجهة، وتتُوهُ فيه البوصلة بين الكثبان، وبين شظايا الرّمال.

صار الآن مُتطلّبًا شغوفًا بالتّعلّم واعتلاء الدّرجات، عكس ما كان عليه، فقد ساوم الأمر بقدر هجرِ حبّه لأمّه، ووعدِ أخيه القابع بين الكُثبان في الحدادة، وقد غيّر من طبَاعه الصّبيانيّة المنفلتة من الرّزانة والرّصانة، وصار على منوال نقيضها. لقد أشعرته شهادة البكالوريا الثانية بنضجه، وقد أراد لذاته تحوّلًا جذريًّا، بدءًا بالانعتاق من عاصمة الشّباب «أكادير»، لم يشأ أن يعمّر هناك ويقطن. ملذّات الحياة فيها جارفة، هناك تنتهي أحلام الشّباب باكرًا، وتئنّ الطّموحات. الخروج من تلك المدينة كتحرّر إسماعيل من عقال ذبح أبيه.

استبق سعد هول الأوضاع، في قلبه شيء من الرّغبة لاكتشاف الأجواء الفاضحة، كحال غيره، بيد أنّه التمس لنفسه الاغتراب.

حسم ما حسم، وكان يتابع باهتمام بالغ ذاك الأسبوع الفاصل، أسبوع فتح طلبات الانتقال والوفادة. لم تعلّق كلّيّة الآداب بالرّباط الإشعار بعد،

ويخاف أن يفوّت الفرصة، وتتلاشى رغباته. وفي كلّ وقفة سفر بالذّاكرة إلى المجهول، يفزعه الحظّ التعيسُ، في أن يتعثّر ويتعذّر عليه الأمر، فيتهدّم ويقوّض ما خطّط له وشيّد. استمرّ معه في تلك الأيّام، هوس الانتقال وجزع الفشلِ. وبدأ يعدُّ السّاعات والدّقائق، في انتظارٍ مميتٍ.

جالسًا على كرسيّ خشبيّ، يُشاهد مساجلة كلاميّة حادّة في أحد البرامج السّياسيّة بين اليسار واليمين، في موضوع (جدليّة العلمانيّة في المغرب: بين التّطبيع والإضمار)؛ جاءه الفرج كذلك الفلّاح المعوز الذي ينتظر قطرة غيث، فتأتيه غيوم القدر. في محاولة غير بائسة، توسّط قريبه له بوصاية مزودجة، أحدهم قد يسّر له أمرَ الوفادة. سمع سعد الخبر، وانصهرت تلال التّوتّر المبطّن في داخله. فاجأه قريبه، وهو ينقل له ما يفيد بأنّ الوسيط طلب إعداد نسخة مطابقة لأصلِ شهادة الباكالوريا، وبيان درجات، وشهادة سكنى، وكفى.

استسهلها سعد وانفرج له ما عقدَ. عقدَ العزم، وتلاشى غمّه. وثائق شبه جاهزة، وشهادة السّكنى تكفيه لنيلها بطاقة وطنيّة على عنوان قريبه. لبّى قريبه نداءه سريعًا، بورقة نقديّة مساومةً منه.

في إحدى الدّوائر الأمنيّة، نشبت وشيجة قديمة بقدمها، بين قريبِه صاحب المحلّ التّجاريّ والعميد الذي يترأّسها، استلم سعد الشّهادة في زمنٍ يناهز ريّ الزهور الجانبيّة لأبواب المنازل، بعدما ضُمرت للعميد تلك الورقة النقديّة في سلام روتينيّ بينه وبين العميد. وقد أتبعها بعبارة مع ابتسامة تحمل ما تحملُ قائلًا: «كأنّنا في مقهى ودفعتُ ثمن القهوة على شرفكَ».

قابله عميد الشّرطة بابتسامة تملأ وجهه، وتفضح سياسة العملةِ بالمغرب، وسياسة انفراجِ المعقود بها. فمنهم من يغتنون بها ولو في حقّ مشروعٍ، لتحقيق مآرب الآخرين، ويئنّ من يدّخرها، ويصرفها في مساومةِ وثيقةٍ، فتكون العملة بذلك طرفًا شافيًا مانعًا.

انبهر سعد بما يقع معه. تلاشت تخيّلاته وتخميناته، واضمحلّ وِزرُ الانتقال، وصار مرمى الحجر الذي راوده أحلام نومٍ مزعجة مرعبة. التّأشير بسحب ملفّه وشيك من كلّيّة الآداب «ابن زهر»، هناكَ تُنقل جميع ملفّات الجنوب، والجنوب الشرقيّ وما يحاذيهما، وعلى رفوفها تترصّف.

نال منه فضول ما كان يعتريه. أراد أن يرويه، وأن يتخيّل مساقه، لو لم يظهر أولئك البررة حسب ظنّه، والذين يسّروا أمر حصول الطّلب.

قصدَ في ذاك اليوم الموعود كلّيّة الآداب بالرّباط، مستقلًّا حافلة نقلٍ حضريّ أُولى. زحمة مروريّة في المعبر الفيصل بين الرّباط وسلا، حدّت من اندفاعه صوب المكان، وزمنُ الصباح يحترقُ ويُلتهمُ بشراهة. امتدّت الرّحلة لساعة من الزمن. حلّ بالرّباط، ولحسن حظّه كان يعرف تفاصيل الأمكنة وشوارعها وأزقّتها، فقد مارس التّجارة في غير مرّة، وفي أيّام العطلِ، حين كان في بدايات عقده الثاني، استقى حافلة أخرى تقلّه لجنوب وسط المدينة، حيّ العرفان، لقد أخذ منه الانتظار على الرّصيف وقدوم الحافلة ووقت وقوفها ومسارها ساعة أخرى من زمن الصّبحيّة.

تزامن وصوله مع مغادرةَ من يديرون شؤون الطّلبة في ذاك الشّباك، غادروا حوالي السّاعة الحادية عشرة والنّصف. تأخّرُ الحافلة وزحمة الطّريق وخروجه غير الدّقيق كفايةً في مشارف التّاسعة والنصف، هنّاتٌ مشتركة لعدم اللّحاق بهم. بيد أنّه انتبه لوثيقة المطالب تعتلي النّافذة الخارجيّة الزّجاجيّة الشّفّافة للكشك، وثائق لا تُحصى في مطلب الانتقال: (أربع نسخ من بطاقة التعريف الوطنيّة مطابقة للأصل، أربع نسخ من شهادة الباكالوريا مطابقة للأصل، أربعة مغلّفات تحمل عنوان الطّالب، ثماني صور شمسيّة حديثة من الحجم الصّغير، عقدان من شهادة المولد، وشهادة حسن السّيرة...).

بدأ يعدّها، وأدرك استحالة جمعها، في أربعة أيّام، فرحلة شهادة المولد من الجنوب إلى مدن السّاحل هنا، بين طلبها وتسلّمها وإرسالها ووصولها

ستحتاج إلى أكثر من يومين كاملين، وجمع الوثائق كاملة في ظرفٍ من الحجم الكبير مستحيل في ظلّ هشاشة الإدارة، وبُعد المسافات، وكثرة المطالب، وحتّى إن تمّت، تُفضِّل الإدارة البقيّة على أهل الجنوب. فهم في نظرها ثوّار ثائرون، روّضتهم الصّحراء، وصاروا من ناشبي المعارك، وموقدي فتائل السّجال، ومضرمي شرارة الطّلاب... والعاصمة في منأى عن ذلك، صورتها غير قابلة للخدش أو المساس، ففيها تنشأ العلاقات الخارجيّة الثنائيّة. وتلميع المدينة شيء حتميّ.

...

تمّ التأشير بإمضاء عميد الكلّيّة بعد بضع حركات طفيفة، حصل سعد على التّوقيع في رمشةٍ، ولم يُصدّق عينيه. سرعة متناهية في حصوله على رسم الختمِ، مدة ضئيلة لم تناهز اليومين.

بدأ يرسم منعرجات الحكاية، ويتابع عوالمها الدّقيقة، بسؤال كيف، كيف تمّت؟ فشرع يتعقّب سرّها. حكايةٌ قد سُردت أطوارها حالما أمسك ذاك الرّجل الوثائق في الظرف الأصفر، بعد أن طواه مثنى ثمّ على مربع. هناك توقّف الحكيُ لديه، لكنّه على دراية بتلك الطرق الملتوية، عادةً ما يسمعها ويلمحُها في تلك الأفلام الدّراميّة، واليوم قد بات يعيشها بحيثيّاتها. ما يهمّه أكثر، هو أمر التّسجيل، فقد نسي ذاك السّر المتواري، ولم ينخرط في مخاض شقيٍّ في محاولةٍ ذاتيّة كانت ستؤول للفشل، مع ما سيرافقها من عويل وصراخ وأنين عسير. لقد سرَّته ولادة مطلبٍ، كان يراهُ على عاتقِ الوطن، من دون تحقّقه بيسرٍ. لذا لم يأبه كثيرًا لضروب تحقّقه الملتوية.

لكن بقدر ما أثاره صوته في الحياة، بقدر ما أثاره ذاك الوسيط، الذي يراه بعين الغرابة. عرف من سردِ قريبه أنّه يمتهن الوساطة، هي قوت يومه وحياته، وبها يحيا. لسانٌ طويل، ولسان عسليّ. أمّا سعد فقد رآه في نظرةٍ غافلةٍ،

يحادث قريبهُ، فاره القامة، يلامس ناطحات السّحاب، ومن وقفته يظهر له أنّه أنشأ وشائج عميقة مع كبار الشّخصيّات. لكنّ ما يجهله أنّ الرّجل يمارس القوادة، فعادة يحتاجه الأباطرة والقادة وكبار السّاسة والعمداء والعملاء وكلّ الأطر العليا الحاكمة، والمتعالون في المعاملة، وأولئك النازيّون الآمرون والنّاهون من أرائكهم الحريريّة، في استخلاص قاصرات تحت الطّلب. أمّا الرّجل فاره القامة، فيُوَكّل في التّنسيق والتّذكير، وإلغاء اللّيالي أو تعديلها، أو جعلها في مواقيتها...

هو رجل يعرف خبايا الأسطر وما تحتها، ولا مطلب له يُردُّ. وكان مطلب سعد يدخل في خانة الفُتات. تسلّم مبلغًا ماليًا، يراه هزيلًا، ويراه سعدُ سمينًا... الوسيط هو الرّابح الأوحد في سياسة المساومة، وفي ملفِّ سعد.

أمّا ذاك القياديّ من رجال السّلطة، صاحب الفضل الأوّل، فقد هاتفَ نائبَ العميد القيّم على أمور الكلّيّة، في بعض دقائق فراغه الكثيف. فهم زمرة تربطهم وشائج «خبزاويّة»[1]، يحتشدون في الدائرة الجماعاتيّة نفسها لحيّ الرياض، أحد أحياء الرّباط الرّاقية. هناك تنشب الصّلات وتتقوّى بينهم، وتُستعظمُ العلاقات بين الصّفوة. يتبادلون المصالح، ويتقاسمون الموائد المتخمة، في ملفّات مربحة لا محالة. يجتمعون في اللّقاءات الجَاهِيّة المترفة، ويشتركون في الصّفقات. ولا غرو أنّ رسم يدٍ خفيفٍ، على وثيقة طلّابيّة، أمر بخسٌ، سيُقضى برمشة جفنٍ، نظرًا لحجم العلائق. أمّا ظاهر المحادثة، فلم يخلُ أن يكون إخبارًا لنائب العميد، بعدم نسيان الطّابع الإداريّ الذي يحمل اسمه واسم المؤسّسة، من دون إدراج التّفاصيل في المحادثة. وما هي إلّا بضع دقائق حتّى تمّ الأمر. هناك قُرابةَ وزارة الاتّصال، في سيّارة دفع رباعيّة، من نوع «مِرْسِيدِيس»، قُضيَ الأمر، وأُعلن سعد باحثًا في سجلّات الجامعة.

---

(1) تستعمل في الكلام العامّي المغربي، بمعنى غائيّة، والحاجة المتبادلة.

محاولةُ انخراطٍ

عاد عبد القادر خائبًا من الجبل، يغمره الفتور، لم تعد رئته تتحمّل هواء المدن الخانق اللّعين، فقد ذاق الجمال وحقول الرّبيع، وشموخ الجبال ورحمة الأرض، وبهاء الأطلس الذي لا يكفّ عن الرّقص.

مرّة أخرى تعلنُ «سلا» النّصر، لقد استقطبت أباه قبله للبحث في المركز عن أفقٍ أكبر لمتطلبات الحياة ولن يكون النّجل سوى امتداد لسيرورة الجذبِ. انتهت أيّام استجمامه في جنان الأطلس، والسّاق تستعدّ لعبور المسافات التي تفصله عن الكلّيّة نفسها، واليد تتحرّك لملامسة القلم، والأذهان تتأهّب لالتقاط ما تتلقّفه من المحاضرات، والأعين لرمْق صفحات الكتب، والتودد على مجامع المناظرات والجلسات السّجاليّة الفكريّة.

تردّد في انتقاء الشّعبة في بادئ الأمر، وأراد أن ينبش في تفاصيل المفاهيم التي تفسّر الذّات، وأن يتعمّق في فرويد ويونغ، وهو على علمٍ أنّ علم الاجتماع كان أقرب إليه هو الآخر، وهو يراه في الأحياء الفقيرة، حيث ترتفع نسب الفقر المدقع، وعقود الزّواج العرفيّ بفاتحة لا يتقن حروفها الزوّج -مذكره ومؤنثه- بعلّة الجهل، وفي النّسب المستفحلة من الولادات خارج مؤسسة الزواج، وفي الشاشات وأنين الشّباب من البطالة، وتشرّد الأطفال بين الأزقة والشّوارع، يلتحفون السّماء، ويستوسدون ندى الأرض... مسلّمات معلومة، لا يحتاج الإنسان الكثير ليتعمّق فيها ويُفصّل. اللّهم إلّا إذا أراد أن يروي عطشه بإحصائيات أقرب إلى الصّواب، وليس الصواب عينه.

أمّا اللّغات من جانبه، فقد كانت سببًا في انتكاسته الأُولى، وفي عزله عمّا يمور في خَلده من أحلامٍ مستقبليّة، فقد مقتها نسبيًّا، ولو جاءت النّدامة لاحقًا، إلّا أنّه ثأر لنفسه بالعزوف عنها. أمّا باقي الشُّعب، فهي لم تستهوه قطّ، لأسباب متباينة، يسوقها بين الذّاتي والموضوعيّ والعقليّ والعاطفيّ.

لم يقوَ الفتى على معاكسة القدر، فآثر الرّضا، والانصياع لما تمليه الطّبيعة، لا شيء يضاهيها في الفرضِ وإحكام القبضة على سير أمور الحياة، وقضايا الاستخلاف، وملامح الإنس، وشؤون الجنّ... والأفراد بذلك لا تختار ما تريد، لكنّ الخيار تحكمهُ المشيئة، ويأذن لها الآذِن؛ ذاتٌ ربّانية، تحكم وتقرّ وتمنع وترسم الخطى، تقدّم وتؤخّر، تحيي وتُميت.

رسا على علم النّفس. للتوّ ذاب حلمه كليّة، وصار كالبقيّة رغم تفوّقه في أيّام دراسته التّأهيليّة. في الكلّيّة تتساوى الدرّجات، الجميع يتوحّدون في التّلقّي، وفي الفضاء والفصول، حالما تطأ أقدامهم كلّيّة الآداب، الكّل سيّان في كلّ شيء، عدا الاختلاف في ترتيب الأسماء وحروف النّسب.

...

في يومه الأوّل في الجامعة لم يألف ما شاهده. عدد هائل من الباحثين، اختلاف في الهيئات والقامات، اختلاف في مدارجهم، بين الطّلاب الجدد والقدماء...

الحصّة الأولى في «مدرّج ابن خلدون»، سيلُقى درسُ المدخلِ إلى علم النفس. تشابكت أحاسيس عبد القادر بين رغبة الاستكشاف، ودهشة البداية، ووجهته المحدثة اللّامألوفة بعد أن وطئت رجله الكلّيّة بين الحشود. تاه في مساره المجهول وهو يحسب خطواته الأولى في ردهات الكلّيّة صوب المدرّج. تساءل عن موضعه، بعد أن قصد رجل الأمن الخاصّ، الذي أشار له بإيماءة اليد، مرفقة ببضع كلمات جاد بها، بشكل دقيق. تتبّع عبد القادر الوصف،

إلى أن وصل إلى المكان. نقر الباب، ثمّ فتحه، وتراءى له عدد هائل مِمّن يشاؤون أن يتفلسفوا في ترجمة النّفوس، وتحليل الطّبع البشريّ، جالسين في مدارج تنحدر واحدًا تلو الآخر، لتصل خشبة المحاضر، الذي سيشرع بعد أن ينتظر هنيهة زمنٍ، حتّى يلتحق المتأخّرون، ممّن تاهوا عن المكان كحالهِ، ليلقي المحاضرُ ورقته.

انتصر سعد لذاته، نجح خيار الاغتراب، لم ترعبه الغربة يومًا أو تربكه، اللّهم إلّا شوق الأهل، وملامسة التربة، ومعانقة الحجر.

اغترابٌ محمودٌ، حاد عن كلّ شيء عويصٍ يمكن أن يورّطه في قصص غراميّة زائغة. تيسّرت له الإفادة رغم ما يشوبها. كان يرفض أن يفكّر في أسلوب استلامها المنحطّ القذر، كونه لم يذق مرارة كأس الانتظار، ومحنة المماطلة، وصدمة الرّفض. أدرك أنّه أسهم بنزرٍ ضئيل في في ممارسة رذيلة الإدارة، واستبداد الآخرين.

استعدّ لمعانقة حلم ولوج الكليّة، حلم راوده منذ الصّبا، ليس كولوج البداية الاستكشافيّة الّتي كانت تُظهرها كجدران مطليّة. دخلها من باب جانبيّ شرقيّ تخرج منه الحاملات، وأشباه البارجات، وآلات البناء. هناك أشغال داخليّة في الحرم مستمرّة على امتداد تلك السّنة، هبط الدّرجَ بعد أن تجاوز تلك المساحة المنبسطة التّرابيّة، سأل عن الإدارة بعد أن وجد بعض التائهين هناك، ومن أرادوا أن يعبروا بالزّمن، والذين غمرهم شيء من الفضول لاستكشاف تلك الجدران، لم يجد ردًّا، بل جملة من التائهين والمشدوهين بالبدايات، فقصد تجمّعًا بشريًّا، جملة من الباحثين يضعون مطويّة أعلى الطاولة، مكتوبًا عليها «منظّمة التّجديد الطّلّابي»، لم يستوعب العبارة، ولكن بدا له أنّها جهة للتّوجيه، لم يستفسر أكثر عن مهامهم، لكنّه وجد جوابًا عمّا يبحث عنه، فقد أرشدوه إلى ما يتوجّب القيام به، وأحالوه إلى موقع البناية

التي يبحث عنها، أحسّ بأنّ البنايات متقاربة، بل هي تحمل أرقامًا شبه وهميّة يعلمها من يستوطنون المكان، أكثر ممّا يعلمها المتطفّلون عليها. وجد حارس إحدى البنايات المتعدّدة المتشابهة، فسأله بسذاجة قائلًا: «عذرًا يا سيّدي، أنا طالب جنوبيّ، تابعت دراستي في مدينة «طاطا»، سحبت ملف انتقالي حديثًا من جامعة ابن زهر بعد أن سمح لي عميد الكلّيّة بنقل ملفّي وحمله إليكم، أريد الآن أن أرفعهُ للإدارة، كي أستلم رقمي التّسلسليّ، هذا ما أخبرني به أحد المشرفين على مكتب منظّمة التّجديد الطّلابي».

ردّ الحارس وهو ينظر إليه بنظرات اشمئزاز وقال بغطرسةٍ: «بعد ذاك الدرّج إلى اليمين تميل شمالًا، في نهاية ذاك الزّقاق غير النافذ، انظر على يمينك، وسيظهر لك مكتب الأستاذة رجاء».

تسلّم البرقيّة الشّفهيّة بحرصٍ شديد، خوفًا من أن يُتلفها، لا يريد أن يتطفّل مرّة أخرى على أحدهم، كي لا يلقى تجاهلًا مريبًا أو يرى أنفةً بارزة تستحقره، فحفظها وطبّقها بالحرف، إلى أن توقّف عند الباب المقصود، وبلباقة طرق الباب الخشبيّ، وبعد انتظار بسيط أذنت له بالدّخول، ألقى تحيّته على عادته، فلم تتجشّم عناء الردّ، أو تنظر إلى خلقته، ظلّت تعاين بعض الأشياء على حاسوبها، ربّما تلهو بلعبة إلكترونيّة، عهدت أن تمارسها فابتليت بها شرّ بليّة، بقي مبتسمًا وشرايينه تتقطّع بإحساس مريب بالازدراء والتّحقير والعبوديّة، ظلّ الشابّ واقفًا، ولم تتكبّد هي عناء أن تطالبه بالجلوس، بل بادرت بالسؤال في جفاء حادّ: «هل من خطب؟».

كرّر الأسطوانة التي أملاها على ذاك الحارس: «عذرًا يا سيّدتي. أنا طالب جنوبيّ»...

بعد أن أتمّ كلامه، سألت من دون اكتراث: «ما المطلوب؟».

ردّ، ظنًّا منه أن ذِكر اسم العميد، سيخفّف بعض عنجهيّتها: «حملت معي ملفًّا يخصّني يا سيدّتي، بعد موافقة العميد، واستُقطبْتُ بطلب منه، وسحبت

الوثائق الخاصّة بي، بشكل مستعجل من موقعها، والآن أريد أن أستلم رقم التّسجيل، وأضع ملفّي في شعبة علم الاجتماع».

استمرّ استخفافها بطلب الفتى، ولم تعِر ما يقوله اهتمامًا بالغًا. ظلّت نظراتها متّجهة صوب تلك الشّاشة الرقميّة. ربّما ألعاب الفيديو أرحم عندها من أن تحاور طالبًا بليدًا، لا ثقل له ولا صفة. هو طالب -في نظرها- سيستجدي العلم، وسيلاحق الفتيات، ولا ضير أن يكون قادمًا لإفراغ رغباته المكبوتة، والتسكّع بعلّة التّعلّم، وفي النّقيض افتراء على الأهل... هكذا يكون حكمها على كلّ من تحاوره من الباحثين الذين تعيقهم معضلة أو تنذرهم، ويقفون عند مكتبها. تعمّم مقولة شبه مغلقة، أنّه لا يوجد أملس بين القنافذ، أو أليف بين الكواسر.

علم سعد أنّ الإدارة لا تحترم سوى صاحب الجاه، وكلّ من يتجمّل بربطة عنق أنيقة، بمشبك حديديّ يتوسّطها، وبحذاء لامع، وعطرٍ فرنسي، وبذلة من طقم توبيّ أسود فاخم «إستَايل البِزْنيسْ مان»، وفي يده مفاتيح سيّارة يشهرها. آنذاك أهلُها يتقمّصون دور البراءة، ويسوقون معاني الوقار والاحترام، فيحاكون اللّيونة، وخفّة الدّم، وحُسن الاستقبال...

أمّا أمثاله من البؤساء، فيقابلون الأبّهة باللّباقة، ظنًّا منهم أنّهم سينالُون شيئًا من الاحترام، وقليلًا من التّقدير مع كلّ من يحاورونه بتلك الحشمة وذاك الوقار، يظنّون أنّ صوتهم الرّخو الشجيّ الذي يتصنّعونه، واستباق السّيادة في الكلام، سيخوّلهم الوصول لمنالهم وحقوقهم.

كان سعد مخطئًا في اعتقاده، كون التّشريف وعبارات السّيادة، لا تزيد سوى من تبخيس الفرد في الإدارة المغربيّة، وتزيد من حجم الإشفاق من سذاجتكَ، واتّساع شرخ هوّة الاحتقار.

استأنفت العاملة الحديث من دون أن تبغي بذلك توضيحًا، في غيابٍ تامّ للاكتراث، قائلة من دون النّظر إليه، كأنّها تحدّث جمادًا ساكنًا: «أغلقت

الشُّعب لوائحها، وامتلأت فيها المقاعد، حتّى ما ينتسِب له مطلبك. أمّا الشّاغر منها، فلا يخلو أن تكون دراسات عربيّة أو إسلاميّة».

بدأ يتصبّب بالعرق، أحسّ بأنّه غلام متغوّلٌ يمكن أن يملأ قاعات المحاضرات وليس سوى فتى نحيلٍ. علِمَ بأنّنا نجيد تقزيم الآخرين كلّما تجاوزناهم بدرجةٍ، أو كان قرارُهم وقرار مصيرهم بأيدينا الّتي لا ننفكّ عن تدنيسها، لأنّ ذلك كلّ ما نجيده في ترانيم الحياة.

أمام أوّل امتحان يصادفه في حظيرة الاغتراب، احتاج إلى أن ينعتق منه بقرارات نفسه وحكمتها. محنة عسيرة، أراد أن ينال منها بشيء من الرّجاء، فبدأ يتحدّث بارتباك، غير قادر على لملمة الجمل: «رجاءً، ألَا يمكن أن أتابع تلك الأشياء التي أعتقد أنّني أجيدها، ملفّي فيه وثائق تثبت صحّة ذلك، سجّلت في شعبة علم الاجتماع، وأنا أهلٌ لها وهذا قدري».

صرخت في وجهه بسفاهة: «أنت جنوبي، وفي نبرتك لهجة أمازيغيّة سوسيّة! وربّما لا تفهم ما أحدّثُك به، لقد قلت لك المقاعد مستوفاة».

مرّ عبر خلده في ثوانٍ بحرٌ من المعلومات الهوجاء، وحال لسانه يقول: «هذه لا تعرف تاريخ المغرب وعمقه، لا تعلم شيئًا عن المختار السوسيّ الإلغيّ[1] الحكيم عالم الفقه والقرآن، وكتب الشعر والتّاريخ والأدب، المعسول والألغيات، وسوس العالمة... لا تعلم شيئًا عن سيول الإنسانيّة الفيّاضة، عن مناجم الذّهب، ولآلئ الصّحراء، ونيازك الكواكب من زحل والمرّيخ، والتي لم تجد لغير تلك الأرض مُستقَرًّا، لا تعلم أن المركز يجد امتداده هناك»...

تأجّجت النار في صدره، وأظهر تحكُّمًا هائلًا في هواجسه، خوفًا من أن يُنسف كلّ شيء؛ آخرُ من في سلالم الإدارة، تبتزّه، تستبدّه وتتعسّف عليه،

(1) نسبة إلى قرية إليغ، وهي قرية بنواحي آيت أوفقا الأمازيغيّة في جهة سوس ماسة جنوب المغرب.

ولا طاقة له ولا معين، فعطف شيئًا ممّا سبق، وأطلق عبارات لم يعرف منبعها: «بحقّ الحدود التي تجمعنا، لا تردّيني خائبًا منكسرًا، أليس هذا حقّي وحقّ كلّ مغربيّ في تحقيق مسارهِ الذي يريد في التكوين؟ ما الذي اقترفته؟ هل هي ضريبة الوفادة؟ أليست هذه الأرض ملكًا للجميع؟ لماذا المفاضلة ولماذا هذا التبخيس اللّعين؟ أليس هذا الثرى يجمعنا؟ ألا يمكن إضافة رقم بين المئات؟ وبتأشير من مكتب العمادة، صاحبة القرار الأوّل والأخير، وبسندِ ختمها. فلمَ الإجحاف، وهذا الإحجام البغيض؟».

أفرغ سعد للتّو في وجهها ذخيرة جوفيّة كسكّين ماضٍ، جعلتها تستيقظ من وضعيّتها الملتوية، لتستقيم، نظرات ماقتة مصوّبة إليه، ووجدَ شرًّا بها، وهي تضع تلك الزّجاجات التي تضعها في مقلتيها، وظهر بأنها تخفي خلفها غابة من التوجّس، وبدا أنّها استشاطت غضبًا، ورفعت عينيها بعد أن غضّتهما كلّ الوقت، تهزّه كأنها تريد أن تقتلعه من المكان، وبدأت تحملق فيه بنظرات مبخَّسة، ولم يرقها بتاتًا ما بدر منه، وفي الآن ذاته وصلها حميمٌ من موقعها لما نفثه الفتى توًّا، فبدأت تقدّم له أنصاف الفرص، مع إشارات بأنّ ما ستقوم به حلٌّ نهائيّ إن تقبّله، فتحدّثت قائلة: «اسمع أيّها الفتى الجنوبيّ، إنّ كانت لك مناعة الانتظار والرّغبة فيمكن أن تُلغي الفصل الأوّل كاملًا، على أن تستأنف المحاضرات في الفصل الثّاني، في الشّعبة المنتقاة ذاتها».

لم يستسغ ما تقوله تلك المرأة التي لا تظهر عليها رهافة النّساء، بصوتها المترَجّل، فقد جلجلت كيانه، وتعجّب للمنطق الأعوج الذي تخمّن به. ربّما هذه المرأة لم تشأ أن تطيل في الأخذ والرّد، قدّمت اقتراحًا لتُسكته فيكفّ عن مضايقتها، ويحجم عن إلحاحه.

أطلقتْ تلك الكلمات، وهي في صورة تتأهّب فيها أن تغادر المكتب، بعلّة القيلولة والذّهاب لأخذ وجبة الغذاء كما تفتري. ربما جعلتها علة لأنها

لم تحتمل الأمر. عاود الطّلب بالتّوسّل استدعته غربته: «برحمة والديك، وحفظ فلذات كبدك من كلّ سوء، جِدي حلًّا إن استطعت، وإن أحجمت فاتّقي شرّ من أحسن إليك».

بدأت تحمل مفاتيح المكتب في أهبة للمغادرة، وكأنّها تحمل قلبًا متحجّرًا. لم تعد تلك الكلمات تحرّك فيها شيئًا. دعاء عابر كأنّه غير مسموع لامرأة متصلّبة متسلّطة، تريد أن تظهر مهاراتها في رفض المطالب وتركيع الآخرين، وتتلذّذ بالألم، وتتفنّن في التّعذيب بعد الترغيب.

رآها تهمّ بالخروج، فقال لها: «يمكنك أن تحتفظي بالملفّ».

استدار لوجهة الباب، فأطلقت كلمات قبل مغادرته، قائلة في لمحة شبيهة بالاستفسار: «في أيّ شعبة من الاثنتين؟».

لوّح وقال بشكلٍ تنعدمُ فيه الرّغبة: «العربيّة».

ردّت عليه في كلام جافّ بينهما: «خذ معك رقم التّسجيل».

كان رقمًا محرّرًا في ورقة بيضاء استلمه باستياء، يحمل طابعًا تسلسليًّا. لقد تسلّم للتّو ما يشفع له أن يصير طالبًا مسجّلًا في سجلّات كلّيّة الآداب والعلوم الإنسانيّة، مختومة بطابع المؤسّسة، إنّها ورقة تُساوم بطاقة الطّالب.

خيبة أملٍ في الوضعِ يتجرّعها الفتى سعد.

ما يُضمَرُ في جوف الحرمِ

تكبيل الزّمن استحالة متناهية، شروقٌ واستهلال وتنصيف للسّماء فغروب لا حيلة لتأخيره، فمعاودة مشابهة لا تكلّ أو تملّ، هذا ما أدركه سعد بعد نكبته. صار بقايا ورق، وكحطب غصنٍ استُنزفَ وقودُه، لا مناعة في مجاراة الزّمن، إنّه دهرٌ غير هالكٍ، أحسّ به وهو واقف على عتبة تلك المتنمّرة، أدرك جيّدًا أنّ خروجَها من مكتبِها، وخروجَهُ معها من دون الوصول لغاية سوى بما أرادت، سيزيد من تعقيد أمر الوفادة والتأقلم. خوفه الأوّل من الزّمن، خوفه الأكبر من أنّه لن يستطيع التردّد إليها مرّة أخرى، فهناك حارسٌ سيتلقّى برقيّة، مفادها منعه من الدّخول، أو رفض مطلبه كونه أخذ فرصته للدّخول مرّة واحدة، خاف أن يضيع الملفّ وأن ينتهي أمر الوفادة.

نال الشّاب للتوّ ما اكتُنز له من هِبات الحياة في المركز الكثيرة الرّخيصة والمعمّمة، وخصّه بتكريمٍ ذاتي في ردهة من غرف الإدارة، التي تدير الرّؤى وتجرفها، أراد أن يعلّمه نمط الحياة والعيش، وقد نال واستوعب فيه أنّ طعن الأحلام الصغيرة ممكن هو الآخر، وأنّ تلميع أحذية الأسياد والتّملّق لهم ثنائيّة حتميّة تُكسِب صاحبها مهارات للوصول بجهدٍ ضئيل، ما أوقد في الفتى نار جهلٍ مستديم، وهو الذي انطلق حالما من الهامش وبحيويّة عُطّلت للتو.

حاول أن يثلج صدره الذي تنهشه حمم التّعاسة من شرّ ما وقع فيه، ولم يجد من يواسيه غير نفسه، وأوحى لنفسه بأنّ شتم اللّبيب وملامته انتقام من فطنتهِ وحذاقته، هذا ألف الإنسان أن يُلين من لهيب الإحساس، لقد اختلق ما يرطّب من مشاعره، لأنّ ما يهمّه في الموقف الذي وُجدَ فيه

قسرًا تجاوزُ تتخبّط فيه المشاعر، ويحتاج لزرع أملٍ يجعله يُتابع ويتقوّى في وجه الانكسار.

طأطأ الرّأس وحمد الله على نعمه وشكرَهُ، وانطلق في اليوم الذي تبصّر فيه شيئًا من واقعه الذي يمكن أن يلازمه، بل اتخذه درسًا لعلّه يتمرّن على صدّه، درسًا لألمٍ فيما يشبه سجنًا شعوريًّا يحتاج الانفلات من قيوده وهو يستشرف مستقبلًا بسيزيفيّته التي يتمرّغ فيها، لكنّه لا يغفل قطّ أنّ كلّ ضائقة بعد ضرّ تعرف طريقها للانفراج، وأنّ الإنسان يرزق من حيث لا يعلم ولا يدري.

في استهلال الشّهر العاشر، سيطر عليه القليل من التّفاؤل الذي ينهله نفسه، نسي ما وقع له من سوء تدبير فيما كان يصبو إليه، أراد الالتحاق بالكليّة واستكشاف أجواء التّعليم العالي، فقد كان الأمر يحتلّ حيّزًا شاسعًا في عقله، ويستكين في هامشٍ موسّع في قلبه، سيتحقّق الوصلُ لأنّ ذاك الوصل لا يشفي غليله التمني، يحتاج إلى أن يصل روحه بالمكان، يحتاج الفتى لأن يستكشف الجامعة، كما يستكشف الإنسان نفسه في كل شيء جديد.

رفع رأسه وشيء من الحشمة يراوده، وقارٌ جنوبيّ بادٍ في مشيته داخل فضاء الكلية، يدير نظره على الأرجاء، وانتبه إلى أنّ أعدادًا غفيرة تزيّن المكان، في الرّخاء الأخضر، وأمام العتبات، في الدّرج وفوق الدّرج، ويفترشون أسفل الأشجار في ظلالها، وبين السّعف النخليّ الجنوبيّ الملقّح في غير بيئته. فتية وفتيات، يشكلون زمرًا، بألوان ربيعيّة. ما أثاره في التجمّعات، تلك الجماعات من الفتيات اللّائي يقفنَ، وأكثرهنّ يلتحفن السّواد حدّ العرقوب، وأقلّهنّ بألوان متباينة، ومنقّبات بأوشحة تتآخى مع اللّون، ولا يظهر من أجسامهنّ إلّا العيون الجميلة. فهي أجمل ما في الإنسان، هي الّتي ترسل السّهام فتصيب الدّواخل، ولا تترك جرحًا بارزًا في الظّواهر. هنّ هناك أكثر إثارة، فاختلافهنّ يثير البصر، ويجذب كلّ دخيلٍ. بجانبهنّ أصحاب اللّحى

بثياب تختلف ألوانها، وأغلبها تميل للبياض، بعضهم ينتعلون «بُلغات» تقليديّة أصيلة، وآخرون بأحذية معاصرة، وآثار النعمة بادية عليهم وعلى أبدانهم ووجوههم. ربّما لا يفكّرون في أمور الدّنيا، وشقاء الحياة، إنهم يفكّرون في متعة دار الحياة فقط.

استمرّ في المسح البصريّ فائق السرعة، فاكتشف أنّه صار للتوّ داخل حرم جامعيّ ينخرط في جموعه، تقدّم قليلًا، وتجاوز مستوى المدخل، وهو يدندن ألحانًا أمازيغيّة، من أشعار «أحواش»[1]. تصنّع اللّامبالاة، وفي دواخله شيء من الارتياب وارتباك البدايات، ولسان حاله يقول: «إنّهم يصوّبون إليّ النظر، ربّما لا يتوافق هندامي مع الموضة، أو هو شعري البسيط والذي لا يقسمه خطّ مائل على امتداد فروته، أو خطّان جانبيّان قصيران أعلى الجبهة، أو على الحاجب الأيمن أو الأيسر. هل أنا قصير القامة وأبدو لهم صبيًّا متطفّلًا على المكان؟ هل تظهر عليّ البلاهة في مشيتي؟ هل يعتقدون أنّ طباعي الجنوبيّة الشّرقيّة تميل إلى الانطوائيّة؟ كيف لي أن أقول لهم، إنّني اجتماعيّ الطّبع، وتكفيني كلمة لأطلق عناني؟ كيف لي أن أقول لهم إنّني في حاجة لمؤنسٍ؟».

في حقيقة الأمر، هي أهواء تراوده، ولا أحد يحسّ بوجوده بين المئات، زاد شيئًا من الخطى. فإذا بفتاة جميلة تسرّ الناظر إليها، تجلس كأميرة على كرسيّ ذي مقعدين، وحيدة بشعرها الأشقر المنسدل الذي أغواه أكثر من أي شيء آخر، والذي لم يعهده سابقًا. تُلامس هاتفها بحنان، مبتهجة خجولة، وقد جلست القرفصاء، كأنّها في حصّة «اليوغا». هل وقع سعد في مصيدة الهيام الذي هرب منه قبل أن يشرع في أيّ شيء؟ هل هو عشق من أوّل نظرة؟

---

(1) يطلق لفظ «أحواش» على فولكلور يمزج بين الشعر الغنائيّ والرقص الجماعيّ بجميع أشكاله والذي يسود في جنوب المغرب خاصة، وفي مناطق الأطلس الكبير والصّغير.

بعد تردّد مبالغٍ فيه، وهو يساجل ذاته: «هل أقصدها؟ هل أتقدّم بالسّؤال عن القاعة السّادسة عشرة في الجناح (أ) العمارة (1)؟».

أراد السّؤال بدرجة أقلّ، وشاء أن يكون أنيسًا آنيًّا على أن يربح رهان الزّمالة لاحقًا. رغم أنّ سعدًا لم يفكّر يومًا فيما يروّج عن سير شهريار، والقصص الآدميّة والعنتريّة، والمسلسلات المكسيكية، أو الأفلام التركيّة التي لا تكاد تذبل، فقد أحسّ بشيء نحو الفتاة، لكنّه لم يفصح عن طبيعته ونوعه، أهو إعجاب؟ أم شاء رفقة طيّبة تنسيه مرارة الوحدة والعزلة.

تقدَّم إليها برباطة جأش، بعد أن استجمع قواه وتشجّع، وقد أطلق كلماته الأولى التي يُضمرُ فيها شيء من حبّ صداقةٍ يمكن أن تتولّد: «مرحبًا يا آنستي، هل يمكنني السؤال؟».

تلاشى ارتباكه.

أجابت وهي تقصفه بنظرة عسليّة العينين، وابتسامة ترسمها على محيّاها، بكلمات متقاطرة: «على الرّحب والسّعة».

ثمّ استرسل: «اسمي سعد، وأنا طالبٌ حديث هنا».

قاطعته الفتاة: «حالي أشبه بحالك إذن -في ابتسامة بريئة- لن أفيدك في شيء».

قال: «أردت السّؤال ويبدو أنّك تجهلين... هل لِي بمعرفة اسمك أوّلًا؟ فنحن سيّان في هذا المكان».

ردّت بعجالة: «سارة، وأنت؟».

فأجاب: «سعد... هل لي يا سارة بالجلوس قربَك؟».

أومأت برأسها إيجابًا، وهي تحمل له سؤالًا استنكاريًّا: «وهل من مانع؟».

واسترسلت: «تفضّل لن يسع غيرك».

استبشر خيرًا بتلك الكلمات، كأوّل غيث يسقي نبتة ذابلة. غمرته الفرحة، فقد تخلّص للتوّ من حمولة سلبيّة كان قد غرق فيها في المكان نفسه،

اندثر ما يكتنفه من مشاعر لئيمة تربطه بالمكان، عزلتُه وغياب الصّديق، في تلك الأشياء التي قاسَاها في تلك الأيّام التي غُيِّر فيه مساره بمسار آخر أراده له شخصٌ قرّر في مكانه. نسي أنّه أراد السّؤال، وكان بالأحرى أن يستمرّ في مكابدة البحث عن مجيب، غير أنّه توقّف عن مطالبه، وحيّنها بمطلب الجلوس أمام تلك الفتاة التي سرقت منه وعيه خلسة. ربّما هي الدّرس وهي الحياة والمستقبل، ففي حياةِ البحث حياةٌ لأولئك الذين يتشاءمون من الحياة.

جلس على المقعد الخشبيّ بعد أن استقامت الفتاة في جلستها، أراد أن يعرف الكثير عن المكان فإذا به يبحث عن أخبارها، فرصة لا يريد أن يزهقَها وأن تتبخّر كما تبخّرت بعض أحلامه الصّغيرة، فشرع في التّحاور: «كلماتك تحملُ لكنة متميّزة».

لم تشأ أن تبوح بكلّ شيء، فالغموض أسلوب للحياة يراهن عليه البعض، لإثارة الانتباه وحفظ شيء من الخصوصيّة التي تضمن له نفسًا في كل مرّة يشعرُ بالحبسة، فالبوح بكلّ شيء يجعلك عاريًا. أجابت بلمحة دالّة وباستحياء به قليلًا من الإيمان بالذّات: «هل لأنّ اسمي سارة؟».

ابتسم لخفّة دمها، فأُلهِم بها أكثر من إلهاه بصورتها، لقد تسرّبت إلى كيانه، استهوته رقّتها، لأنّ الإنسان يحبّ الإنسان بنظرةٍ أوّلا، ويعمّق الميل بكلمته ثانيا، وسارة قد جمعت بينهما بعدَ أن سُحِر الفتى وهو يتفرسها في وضعتها التي تظهر فيها البساطة والرّقة. فالقلوب تهوى البساطة، وكلّما اتسعت دائرة البساطة عظُم إليها الميلُ.

استطرد سعد رغم أنّه لم يلق ردًّا شافيًا: «نعم لأنّك سارة، سررت كثيرًا بهذه الصّدفة».

تابع حديثه: «وجهكِ مألوف، لا أعلم إن التقت أرواحنا البريئة فيما قبل».

استحسنت الإطراء، وأجابت بخجل: «هذا لطف منك، شكرًا لك.. من يعلم! الرّوح جاءت قبل الجسد في اعتقاد».

قالت العبارة وهي تتبسّم.

...

استمرّ بينهما حديث التّعارفِ، استكشف المكان وأعاد استكشافه مع الفتاة، بعد انبهاره بالأمواج وبالأجناس التي يحتويها المكان، ها هو ذا ينبهر مجدّدًا بلقائه الأول في الحرم، لقد نسيَ حصصه الأولى بعد أن وطأ كلّية الآداب مرّة أخرى بغاية وأمسى بأخرى، لقد أنهى اللّقاء الطويل زمنيا، والسريع نفسيّا، وتلاشى من خلده في لحظةٍ بعد الدّقائق زمنُ الإدارة الغادر، واندثر في نفسه اليأس بعد نشوة الولوج واللّقاء المعلوم.

أنهى سعد انتشاء الحرمِ وأغواه اللّقاء أكثر، فقد تخلّف عن زمن المحاضرة الأولى التي يشاغبُ فضولُها كيانه، لقاء هادئ ودّع فيه الفتاة على أمل اللّقاء، نسي أن يستلم رقمها أو شعبتها حتّى أو حسابها «الفيسبوكيّ» بعدما أخذ منهما الحديث ما أخذ عن الكلّيّة وطابعها، وبدأ يأخذ منها شيئًا من تفاصيل المكان. أما هي فكانت تتعايش مع ردهات المكان قبلًا إلّا أنها ليست مهووسة بالمكان بقدر هوسها باستكشاف من فيه، كانت تتردّد على الحرم في أيّام ما قبل التّأهيل، لأنّها تسكن المدينة والحضارة؛ أمّا سعد فيرى الأشياء في جلدتها الأولى، فهو لم يَعْهد ذلك، بل كان جاهلًا بأبجديّات الحياة والموقعِ.

بدأ يعض أصابع النّدم بعد أن أغفل إمكانية الوصل الدّائم، لقد أحسّ بالضياع في فترة قصيرة، وأمست غربته مضاعفة. دقيقتان كانتا كافيتين بعد مغادرتها ليُضيّعها بين الجحافل البشريّة الّتي تحجب الرّؤية، تاه بين كثرة المداخل وتعدّد الأركان، أضاعها كما يضيّع الطّفل لعبة قد تعلّق بها، ومن

شدّة إفراط التّعلّق ينفجر بكاءً. اختنق الفتى بغصّة تختنقه، وقد كادت تحبس أنفاسه البريئة الهامشيّة التي تتعلّق بالذّوات كلّمها أحست بالأريحيّة.

***

أمّا عبد القادر فقد بُرمج على جدول حصصه «وحدة التفسير السّلوكي للإسلام»، استمرّ تعلّقه بما يجود به علم النّفس الذي يخترق النّفس البشريّة ويعرفُ كمونها وعقدها، لأنّ أعقد ما في الإنسان باطنه، وها هو ذا يرتوي لاستخباره، حضر الحصّة المسائيّة وصعد الدّرج في العمارة (أ)، ومرّ عبر الرّواق الأيسر بعد أن وجد بابًا زجاجيًّا لم يعره فيما مضى اهتماما، تعلوه لوحة مكتوب عليها (علم النّفس، علم الاجتماع، والفلسفة). هناك أدرك أنّ بين الثلاثية وشيجة لم يعرفها في اللّحظة، ووجد مجموعة من الطّلبة يسترقون النّظرات إلى القاعة، بعضهم يقترب وآخرون يعدلون عنها. الحصّة الأولى ستبدأُ في تلك الوحدة من الوحدات المتعدّدة، بعد دقائق معدودات من زمنها، غير أنّ المحاضر لم يظهر بعد، مرّت على الأوان نصف ساعة إضافيّة، بدأ الحشد يتناقص رويدًا رويدًا. كانت الرّغبة في التلقّي عند عبد القادر أشدّ، غير أنّ مأربه لم يتحقّق، وقد همّ بالمغادرة أخيرًا بعد أن فقد الأمل أخيرا، وبعد أن نال منه فتور الانتظار وأيقن أنّ المحاضِر اختار أن يكون خارج الدّرس.

بدأت تمور في خلده أشياء عديدة. لم يستوعب الأمر بعد، فقد قطع مسافة طويلةً دون أن يجد بديلًا في حضوره للغياب. حافلتان تصلان منزله بالكلّيّة وقد تجشّم عناء الطّريق، ورغبة تجتاحه لنيل ما تيسّر في ذاك اليوم، لكنّ مراده خاب. السّلوك الصّاغر للمحاضر أفاض له شيئًا من عدم الاحترام، وظلّ يستقصي الأسباب ويعدّها: «لماذا لم يعتذر قبلُ؟ نحن نجد عذرًا نستسيغه فنصفح، إنّ الدّين يلحّ على احترام الآخرين، حتّى إنّ ما يحاضرُ فيه أشدّ وثاقة بالعقيدة، إنّه أستاذ يفسّر السّلوك الإسلاميّ وكان بالأحرى

أن يمجِّد محوره، ويجعل سلوكَه موئلًا للتّفسير والشّرح والتّحليل، بل يجعلهُ مرجعًا دالًّا على ما يلقيه، إنّه يقول لنا بسلوكه: إنّ ما أُلقيه لا يلزمني في شيء».

لكنّه فطن إلى أن عقيدته قد تكون مخالفة، أو أنّه يدرّسُ شيئًا دقيقًا يعلم ثناياه ويدقّقه وهو لا يؤمن به البتّة، ربّما هو يدرّسه وكفى!

حدّث نفسه: «رغم ذلك كان عليه أن يُراعي ما تكبّدناه من مشاق، وتجشّمناه من عناء الرحلة، هو لن يدرك ما يحسّ به الآخرون، فهو لا يترجّل الطّريق، بل يقود سيّارة، تحمله من دون مشقّة».

وهو يعبر الرّواق بتؤدة عائدًا من القاعة وعليه ملامح الطّالب النّجيب، ويده على خدّه، وتناقض مواقفِ الأستاذ ينهشه، تناهى له صوت قادم من أسفل الدّرج، ضجيج وصداعٌ على حافّة الباب. هرول سريعًا ليروي فضوله، فإذا به يجد تجمهرًا داخليًّا، ظنّ أنّها حلقة فولكلوريّة ممسرحة، أو جوقة تحمل قيثارة تروّح عن الذات، أو شيئًا من قبيل ما يشي بالاحتفال.

تراءت له الجماعة من بعيد، ولم يدقّق الأمر كثيرا، بدأ يقترب قليلًا، إلى أن وجد نفسه يشكّل عقدًا إلى جانب الجماعة، وجد حلقة دائريّة يتوسّطها شابّ يافع، يضع قبّعة على رأسه. وقد سمع خطابًا أذاعه بصوتٍ عال، وهو يسترق السّمع: «... وإنّنا نستنكر ونشجبُ، غياب الحصانة التي تحمي الطّالب من كلّ مصاغرة، وحقّ الطّالب في ساعاته القانونيّة من كرّاسة محاضراته، نندّد بكلّ تقزيم يطال ربيع الوطن، ونحن باعتبارنا قاعدة جماهيريّة طلّابيّة تحت لواء الاتّحاد الوطنيّ لطلبة المغرب، نُطالب من الإدارة التّدخل السّريع لرأب هذا الصّدع، وضمان السّير العادل والعاديّ للمحاضرات، من دون الإخلال بها، وإن قدّمنا هذا الخطاب ليس إجحافًا أو تنقيصًا من الجميع، لكن لصدّ أولئك المستهترين الذين يحقّرون الطّالب الباحث ويقزّمونه، ونسجّل تعامل

الإدارة مع الوضع بكثير من الاستهتار والتّساهل، بعيدًا عن ربط المسؤوليّة بالمحاسبة، وندعو إلى تعويض السّاعات التي نُسفت وجُرِّدنا منها لأسباب لا نتحمّلها ولا نحتَمِلُها»...

لم يكن الفتى وحيدًا في الجلل الذي أصابه، تنبّه إلى أنّها عادةٌ أَلِفها وعهدها بعض أساتذة التّعليم العالي، والجميع لا يروق لهم ما يحصل ويحصل كلّ سنة، في التّوقيت والزمان نفسيهما، هناك من لا يزال ينبسط في عطلته الصّيفيّة التي انتهى مداها خارجَ المغرب، وباحثون مغبونون بالتّرقّب، وبين الإقبال المترع بالتفاؤل، والإدبار الأجوف المنحوس.

ما هي إلّا دقائق قليلة حتى بدأت جحافل من «السّيمي»[1] تبشّعُ المكان، بعصيّها وهُرِيِّها، لقد أخذت ترخيصًا قبليًّا بأن تلج الحرم الجامعيّ كلّما شمّت شيئًا من الاحتجاج، تحسبُه فوضى صبيانيّة، وتجمّعات غير مرخّصة، فتتناسل الجحافل وتخلّ بالحرم وتسيء إليه، فيمكن في بعض الأحيان أن يكون الحوار بديلًا ممكنًا للعصا.

لم يعْهد عبد القادر ما رأت عيناه، بدا الارتباك عليه واضحًا، لم ينتظر ما سيحصل لاحقًا، بل نزل من الباب الخلفيّ الذي تخرج منه شاحنات مقاولة المكلّفة بالصّيانة والبناء، ولم يكترث قطّ لتلك المسافة التي تضاعفت بين مسلك تقربه إلى الحافلات، والأقرب الذي جيء إليه بتلك الجحافل. وارتأى أن يزيد من تعبه على أن يمرّ بجانبها، خوفًا من أن يقع على الأرض، بعد أن ترتفع تلك الهراوة إلى السماء، بقبضة مُحكمة، تحمل في وزرها غلًّا دفينًا، لاستيقاظ باكرٍ للمهمّة، ووقوف يراوح نصف ساعات اليوم من دون حركة، بأثقال الحذاء المطّاطيّ، والدّروع اليدويّة، وحامي الأرجل، وذلك المصدّ الزّجاجيّ... فتنزل عليه بثقلها، بعد أن تعيّن وتنتقي موضعًا حسّاسًا،

(1) فرق متخصّصة في التّدخّل السّريع.

فيرديه بضربة المغضوب عليه، ليخفت عدد الطّلاب الذين كانوا يزعجون أصحاب الهراوة، ويزعجون قادتهم، بمطالب لا تغادر مدار حقّ مكفولٍ.

* * *

حينذاك، تزامن وجود الفتى سعد في الكلّيّة، مرّ على الحشد وقد سمع صداه من بعيد، ورأى جحافل «السّيمي» وهي تشنّع الفضاء، قريبة من المدخل، بل إنّها أوشكت على الدّخول، وتستعدّ للاقتحام. بدأت تتجيّش وتتأهّب، ودويّ المشي يسري في الأرجاء، ويرعب المكان كهزات زلزال متواترة. لم يصمد ذاك الشّكل أكثر ليُنسف، تدخّل مباغتٌ في وسط الحرم من ثلّة أولئك الرّجال، حيث البعض الآخر أُحْتُفِظ به في ركن، كحوت معلّبٍ، وآخر تُرِك في المركبات، احترازًا، لإمدادٍ وقت الطّلب، وخوفًا من كلّ انفلاتٍ محتملٍ، أو توسيعٍ لدائرة الشّغب.

وبعد نقاش بين المسؤولين وبين الدّاعين للتّجمّع، كان الفتى سعد يرى بأنّ ما كان يتخيّله أن يصل إليه من أحلام مؤجّلةٍ يحتاج لمكابدةٍ أكبر، وفي مونولوج ذاتي بدأ يقول في حسرة: «إنّنا نبحث عن صنع الإنسان في هذا الحرم، لماذا السّجالات المجّانية بين هؤلاء، الحوار هو السبيل وهو الغاية للحدّ من الخلافات، إنّ الباحثين أكثر النّاس إنصاتا وإيمانا بالمواثيق، إنّهم خيرة الشّباب. إنّ قاسمنا المشترك هو الحاجة للاهتمام أكثر، فلا حاجة لنا لمكائد تفرز حروبًا أهليّة بيننا، ولا حاجة لأن نصنع برزخًا بيننا ولا أن نكثر رعاعنا، فنتطاحن، حاجتنا إلى النّقاش كسبيل لحلّ إكراهاتنا، ولنعرف بعد ذلك مساق المسير».

في تلك العودة، استغلّ رجوع المدرّعين فشاركهم الطّريق، بعد أن تفرّد بأحدهم في طريق العدول عن المطاردة، وبدأ يحادثه بكلّ عنفوان، وثقة في النّفس، لم يكن يهاب الإنسان ولا الحيوان، فقد روّضته الصّحراء،

وكان بيديه العاريتين يصطاد الثّعابين والعقاربَ، وبرجليه الحافيتين يلاعب الحجارة بتمرّس، وينتقل بينها بكلّ حيويّة وانسياب، وفي الآن ذاته شغلتْهُ طبيعة عيش أولئك الشباب الذين يتوارون خلف ذلك الزّي، وأغواه الفضول لأن يعرف المزيد.

من دون مقدّمات ترهبه، استهلّ سعد حواره قائلًا: «أهذه حياة؟».

«الحياة فقدناها يوم بحثنا عن كسرة خبز».

«لماذا هذا الخيار إذن؟».

«لستُ هنا للإجابة، لكن ما دمت قد مرَرتُ من المنحى ذاته، وعبرت هذه الطّريق قبلك، وراودتني أسئلة عديدة في سنّك، أقول لك: نحن لا نختار، بل القدر يودعك أينما شاء، نحن لا نختار بل نسعى لإعالة عائلة في أعالي الجبال نبحث عن لقمة العيش لأنّها مطلبنا الأول».

«أنت لست أنت، غير الذي كنت في المطاردة، لأنّ كلامك تكتنه حكمة صديقي».

«ذاك الذي مرّ هنا هو جسدي الذي لا أستطيع أن أخفيه وألثمه، تراني آمرُه بطأطأة الرأس بعد أمارة قبليّة ممّن يتزعّم الجحافل، لأنّني لا أتحمّل تلك النّظرات القاسية من أمثالك، ومصاغرة المجتمع، ولا قوّة لي لأمانع أصحاب الدرجات التي تتجاوز درجاتي، يتأمّرون عليّ وأجيب بأذن صاغيةٍ، ليست ذليلًا بقدر ما نستجيب لنظام العمل، هذا نظام متبّع وهو الهبة الخفيّة التي يسير بهذا الوطن».

«هل كنت ستقصد وظيفة أخرى دون ما تمارسه الآن».

«بدأت للتوّ يا صغيري، وينتظرك العجب، ستصل آجلًا لنهاية هذا المسار الذي تتبعه، بعد الانتهاء ممّا تتلقّاه بين أسوار هذه المؤسّسة، وتحصل على شواهد التميّز، في الأخير ستشرب من الكأس التي نهل منها غيرك.

لقد حصلتُ على ما حصلتُ عليه، ووصلت حدّ استجداء الآخر، كالشّحّاذ الباحث عن الانعتاق من قيود الحاجة، من بطالة لم أجد لها بديلًا، سوى هذه الممارسة التي أحبها تارة لأنها أنقذتني من البطالة، وأمقتها في ظروف كهاته تارة أخرى، فبعد الإغراء الذي نتلقّاه بدعوى أمن الأرض والوطن نتصادم مع أمثالكم دون رغبةٍ في ذلك، هذا جسدي وأمقته شرّ المقت في هذه الوضعيات التي تفرضها ضرورة، فأنا مكره لا بطل، أتعلم؟ هذا هو الجسد والعائل الوحيد الذي أحبّه كلّ الحبّ، هذا جسدي الذي يتناقض كما أتناقض مع مطالبي وطموحاتي ووظيفتي التي تقيني من صقيع الخواء والفراغ وممارسة الرّذيلة، هل استوعبت قليلًا لما أنا هنا؟».

«تبدو بارعًا في الملاسنة والمناظرة، إنّك تخفي الكثير».

بعد تأوّه قال: «نحن نمارس حياة شخصيّة في دواخلنا غير قابلة للمشاركة، نحن نحسّ في بعض الأحيان أننا عبيد الأقوام وأقنان الأسياد ومستجدو الدينار، ولا قدرة لنا على الفصح، والتّفاعل وتبادل الآراء في قضايا الوطن وأسراره، إن هذا لوحده يمكن أن يخرجك عن سجيّتك، لإنّ الإنسان قد خُلق ليعبّر عن هواجسه وشواغله، إنّ هذا الأمر النقص يجعل النار تنهشني وتنهش جلدي، هل أحسست بمشاغلنا وتناقضاتنا؟ هل استوعبت جبل الخطوب؟».

«أنت تتحدّث كأنّك أديب، كنت ستسلك مسارًا غير هذا».

«أتعلم؟ مررتُ في ذلك الرّواق وذاك الممرّ، وهذا الزقاق -وهو يلوّح بيده- من قبلك، إنّني أحسّ بحنين يلتهم كياني، لقد عبرت الحروف والكلمات، نحن أناس بدمنا ولحمنا، هناك من يخطئ في تقديرنا، ويرانا برابرة أو كائنات مرّيخيّة، نحن نتألّم ونكوّر ما يعترينا في فسحة من عقلنا، ويُكبح جماحنا في هذه التّجربة الوظيفيّة، ولا حقّ لنا في الإقدام على الكتابة أو النّشر، نحن مقيّدون وأسرى، فينا من تلقّى تكوينًا وتعليمًا عاليًا، وفينا من

يحبل بالمهارة، ومن يحمل موهبة خارقة، فينا المبدعون في السّرد والحكي كواسيني ومستغانمي ومرشد والأسواني... فينا الوضيع والحكيم والرّصين، الجيّد والقبيح، فينا...»

لم يستطع أن يتمّم كلامه النّافذ للكيان، كان هناك نداء موجّه لهم لإعادة التّجمّع، وتلك العيون التي تحمل غلًّا تناديه، هناك من يلوّح بيده من أجل العودة لنقطة اللّملمة، فقد أوشك الوصول إلى ذاك الفيلق، ولم يستطع أن يستمرّ في المحادثة.

ساور الأسى سعدًا في تضافر مشاهد المرارة، اكتوى بواقع مرير كالحنظل؛ لكنّه سرعان ما نسيَ الواقعة، لأنّه على دراية مطلقة بأنّ السنوات ستحبل بكثير من المفاجآت، وأنّ الأزمنة ليس عدميّة، بل تتغيّر من الأسوأ إلى الحسن ومن الحسن إلى الأحسن.

هكذا فكّر سعد كما يفكّر المغربيّ، فذاكرته قصيرة في تذكّر الجروح والنّدوب، لا تستوعب تلك الحمولة السّلبيّة من الأفكار، كأنّها لم تقع بتاتًا، ذواتهم معدّة لاستقبال الانتكاسات وتجاوزها.

ضنك الترقّب

سعد يقتله الزّمن ويواسي نفسه، بعد مرور شهرين من اللّقاء الذي سجن فيه العواطف، لم يستطع أن يملأ فراغًا ولّده ذلك اللقاء العابر بينه وبين تلك الفتاة التي لا يدرك حتّى إنْ كانت تبادله الإعجاب ذاته، ربّما ستراه كما ترى المئات بين عينيها. كمّ هائل من الباحثين يعبرُ الأماكن الّتي تجلس فيها، وتائهون كثر بين أرصفة الحرم يقومون بالمسرحيّة الّتي قام بها من أجل التّودّد. لم يكن الوحيد الذي يفكّر بمنطق التّحايل، فكلّ الأمور قابلة لأن يفكّر فيها بنمطٍ واحدٍ كما عوّدتنا الأعراف، ومطّته عوالم العولمة. شرايين آدم نتقاسمها، تسري فينا دماؤه، وقد غرس فينا شيئًا من أفكاره، نتشاركها.

يحدّث نفسه: «ما أدْراني أنّني عدمٌ أمامها بعدما تلا فسحة الكلام تلك؟ والأنكى أنّه ربّما قد تمّ محوي من سجلّاتها المليئة بأمثالي، هل تمّ محوي فعلًا لحظةَ تبدُّدِ تلك الجلسة الجانبيّة العابرة التي جمعتنا معًا؟ ما هذا الجحيم وما سرّ هذا الأسر؟ إلهي كن رحيمًا بقلبي، فهو لا يتحمّل هذا الفجع الذي حلّ بي دون طاقته لأتطهّر منه».

لم يستطع سعد أن يحارب ذاك الإحساس الدّاخليّ الذي ينذره بالفراغِ في كلّ ثانية ودقيقة، تلك الفتاة قد سرقت منه شيئًا كان ملكًا له ولا يزال، لكنّه قد عرضَهُ للسّطو مرضاةً لا جبرًا، لقد سلبَت منه قلبًا وهو لم يجرّب قطّ حروب العشق الضّروس، ولم يخض إيّاها مطلقًا.

دأب على التّنقيب والبحث في المرافق والأوساط ومقاعد الباحثين وبين رفوف المكتبة، يبحث عن كيان ضائعٍ بضرب مزدوجٍ، عن شيء فقده من

دون إدراك. يبحث عن كيانٍ أسلم له ذاته وجوارحها فأضاعه، داوم حركة العين في أرجاء المكان في بحث مضنٍ، ومعاناة ضنك الترقّب لكن من دون أثر يُذكر للفتاة. أحسّ أنّه صار مَسلوبًا، بل تعرّض لتطهير داخليّ أنساه من يكون، وما يريد.

تناسلت عليه عبارات السّأم، وصار يملؤه الإحباط، وقد ضجر من حاله، لكنّ ما يساوره لحظيٌّ، قبل أن يستأنف بحثه باندفاعٍ، وبعطشِ اللّحظة الأولى، غير أنّه لا يجيد النّبش، ولا يحسن استعمال العين بمهارةٍ، بحثه يغلبُ عليه الوقار ولم يطرح بعد عن نفسه رداء الحشمة. سارة لم تغادر خياله، وصورتها موشومة في ذاكرته، بتفاصيلها الدّقيقة يحصي تقاسيمها، ويستطيع رسمها بالحرف، بيد أنّ خجل السُّؤال ينال منه، ولم يقوَ على استفسار أحدٍ، يخاف أن يُتّهم بالوضاعة ويُنعت بالحقارة. لكنّه يجهل أنّه في منهل التّنوير، وتجديد الفكر، في موطنٍ يصدر التّعايش ويرحب بقيم الشراكة، لم يعرف بعد أنّه في مرتعِ التّلاقح والانفتاحِ كما يُتخيّل، وهو ذكي بدرجة كافية ليقصد من يخدمه، أو يقدّم له يدَ عونٍ أمينة... لم يقدر على نيل ما أثير، وظلّ يفتّش، ويُميل النّظر في كلّ عابرةٍ، من دون أن يثير انتباه الآخرين إليه، لكنّ الخجل في البحث لم يُجدِ نفعًا.

كان من حقّه في وسط كلّ ذلك أن يحلم وأن يتجرّد من واقعه الجافّ قليلا، فيخْتُلهُ خلسة ليعاود الرّجوع إليه إنْ أَحَبّ ذلك، يستطيع العيش بقلبٍ دون جلدته فيشكل الاستثناء، أو أن يحلّق بأجنحة منكسرة فيتقن الدّوران والميلان والانحراف عن مطبّة الرّعراع العالي، وأن يغوص ويسبح رغم طبيعته البرّيّة فيغدو سمكًا يلاعب الماء ويرقص على ترانيمه، أو أن يشدو ويطرب سمع غيره رغم أنّه لا يتقن الغناء أكثر ممّا يتقن التّرتيل، أو أن يلعب على البيانو والغيتار أو الكمان فيطلق معزوفة بيتهُوفنيَّةً لا يجيدها قارئ «النُّوتات»

والمقامات ودارس السّلم الموسيقيّ بسودائِه وبيضائه، أو أن يرسم بألوان الطّيف ويخلط بينها فتمتزج ويَدَعُهَا بريشةٍ فوق لوحةٍ خشبيّة فيصير أعمق من «فان غوخ»، من حقّه أن يحلم بها فيأتيه الحلم حقيقة.

الآهات تستمرّ، ومتابعة دروسه قد أَفُلت نسبيًّا من رغبته التي كانت مطلقة، فلا شيء أوجع من أن يُفرض عليك شخص من دون إرادة العقل، ولا شيء أقسى من إعجاب بالغ من قلبٍ خجول لم يَبُح بالإعجاب في وقتٍ مماثلٍ لكينونة الفعل. فالحياة لا تهبنا ما نشاء في كلّ مرّة، بل تهب من تشاء مرتين بغير علم. وهو أعلم بأنّه قد نسَفَ فرصةً، ويعلم أيضًا أنّه يداوم البحث من دون كللٍ، لكن من دون جدوى.

هكذا تعاقب الحياة من يحبّها، فربّما لو أغفل عنها لوجدها أمامه واقفة تبتسم ابتسامة اليوم الأوّل، رقيقة الحاشية وصافية السّليلة. لو لم يبالغ في الإعجاب لالتقى بها في رواقه الذي يقطعه طولًا وعرضًا على امتداد الشّهرين، أو بين المعابر السّفلية في الطّابق الأرضيّ الذي يعبره الجميع. لو لم يعطها هالةً جامحةً، لجلست في ذلك الكرسيِّ مرارًا، كأنّه عرش أبيها. لو كَرهها أشدّ الكره، لكان التقى بها حتمًا بعدما افترقا ببضع دقائق، أو عثر عليها في اليوم اللّاحق على عتبة الباب الذي يلج فيه إلى الحرم الجامعيّ. لكنّ خطأه أنّه قد أُعجب بها من دون استشارةٍ تقيهِ من شرّ الإعجاب.

انقلبت عليه الآية، وأراد أن يعود باندفاع البداية وحماسها، لكنّه ترك عقله يوم دخل الحرم الجامعيّ، لعلّه لم يبسمل، أو يضع قدَمه اليُمنى في المدخل كما عهد السّلف، كما تُنادي التّقاليد والإثنوغرافيّات. أو أنّه لم يرتّل «سورة الناس» بصوت مضمرٍ تقيه من همزات الشّيطان على ناصية المدخل. لم يستوعب هذه الأشياء قبلًا، والمكان ينتقم لذاته. غير أنّ انتقام المكان يراه في عينه جميلًا، وعذابًا عذب المذاق، فالبحث عن لؤلؤة في أعماق البحار

محنةٌ لا يتلذّذها سوى الغائص بين كوكبِ السّمك المزركشِ، إنّه عذابٌ كمحنة السّقوط الأوّل الأليم في جليدٍ، احتفى برقصةٍ ليليّةٍ محمرّةٍ لم يُكتب لها أن تتمّ. عذابٌ كعذاب الشّوق إلى اكتشاف المجرّات وجمال السّديم. وانتظارها في مكنوناته عذاب نوعيّ آخر، يستحقّ العناء.

فصل أوّل أوشك على النّهاية، ولم يستطع التعمّق في قضايا اللّسان مع دي سو سيير، ووظائف ياكبسون، وشعريّة تودروف، وفلسفة اليونان مع خطابة أرسطو وشعريّته، وجمهوريّة أفلاطون ومدينته الفاضلة، لم يستوعب قطّ محاضرات «البسيري» في أمور نحو الأجروميّة، وألفيّة ابن مالك، وسجال أهل الكوفة والبصرة، وفقه اللّغة في الخصائص مع ابن جنّي، وكذا الشّعر الجاهليّ مع المعلّقات ومقدّماتها، ووصف الرّحلة والرّاحلة، والخاتمة بحسن التخلّص مع «عدناني»، وفنّ النّثر العبّاسي في المقامات الحريريّة والهمذانيّة، وخطابة قس بن ساعدة الإيادي بمعيّة «اليوسفيّ»، وبلاغة الجاحظ والجرجانيّيْن والسّكاكي والعسكريّ رفقة «ناظم»، والاستشراق مع «الخضراوي»، والنّقد المغربي وتحوّلاته مع كتب برّادة واليابوري ومفتاح ويقطين وبنكراد وكيليطو، والفكر الفلسفيّ مع الكتابات الأيديولوجية للعرويّ، وقضايا العقل مع طه عبد الرحمن وفلسفة الشك والمحسوسات مع الغزالي...

انتكسَ مأربه بغيابها، وضَعُفَتْ مشاعره في إقناع الذّات التي بدتْ تدبّ فيها أحاسيس الفتور الذي انعتق من عقاله في وقتٍ ليعود إلى خيباته التي تعاقدت معه وتعرفُه عن قريبٍ بعد أنْ حاول التّأقلم مع دسيسةِ الوفادة في غرفة الإدارة مع رجاء، تلك البطلة القوميّة في التّعسّف، بل عرف لاحقًا أنّها تتقنُ الاستبداد، لم يكن الأوّل أو الأخير الذي طُبخ له القرار ذاته، وتشّرب من مرارته، ليستمرّ حربه مع الحظّ اللعين.

رغمَ أنّ الشّابّ يفلحُ في التقاط نُتف من بعض الإشارات أثناء ولوجه لبعض المحاضرات هنا وهناك، إلّا أنّ متعتها تكون في الحضور المطّرد، ولقد هاله وجود الفتاة في كيانه الذي لا تُغادره وأعاقَ اكتسابه، الفتاة التي استهوته معضلته الأولى، تلك التي أخذت حيّزًا من فكره، واحتجزت ما احتجزته في قلبه، واستلت هامشًا أكبر في تفاصيله الصغيرة والكبيرة، لقد منعته من حيث لا تدري من مطاوعة ما ناضل من أجله، لقد ناضل ليكون باحثًا في كلّيّة الآداب بمعقل العاصمة، بعد أن هرول هاربًا من سيول العلاقات الجارفة من كلّيّة ابن زهر بعاصمة الشّباب، ها هو الآن يسدّد فاتورة مستعجلة، بعد أن خضع للقلب بالسّمع والطّاعة.

...

تماهى مع أجواء المدينة وأَلِف ضواحيها، في رحلة يوميّة متكرّرة. غير أنّ مدارها صوب الكلّيّة كان متمددًا وقد أرهقه المطافُ بين الكرّ والفرّ، وأرهقه التّفكير في الشّقراء. لقد أحسّ أنّه يحتاج لبؤرة يرمي فيها تعبه اليوميّ، وتعب التّخمين، لغرفة تقيه من شرّ وعناء الرّحلة اليوميّة. في شهر يناير عمّر موقعًا في حيّ السويسي، يقرب الجامعة بأقدامٍ معدودة، كان قد استجدى أحد المسؤولين في إدارة الحيّ، من دون جدوى، فاستمرّ في التّردّد عليه، لعلّه يلين قلبه يومًا، أو يجدهُ منتشيًا بفرح معيّن، ومن يدري. دأب سعد أن يسرد له آهاته ومآسيه، وهو يدرك في نفسه أنّه يستطيع بوسَاطَةٍ أن يتحصّل على غرفة يَسكنها، بيد أنّه أراد أن يتعلّم شيئًا من حِيل الحصول على مراد النّفس، وأن يتعلّم بعض الدّروس في التلوّن، غير أنّه فشل نسبيًّا.

للوهلة الأولى لقي رفضًا قاطعًا، غير أنّه قاوم بعزمٍ، كان ذا نفسٍ طويلٍ، ورغبته في السّكن هناك أقوى وأشدّ، لأنّ الحصولَ على شيء مرغوب، يستدعي المعاودة والإلحاح، وقد كان ذلك زاده ومنطقه الذي لا ينضب،

وقد وعى أنّ القِيام بعد السّقوط وتكرار الكرّة مرارًا، لا يمكنُ أن يتمخّض عنه سوى الفلاح.

سار على درب التّردّد، ارتأى أن يجد له ذلك الرّجل مقعدًا في الحيّ يأويه، مقعدًا يخصّه أسوة بالمغتربين، لكنّه لم يفلح في إقناعه بعد توسّلٍ متواصلٍ، أدرك أنّه يخاطبُ جلمود حجرٍ أصمّ. فرجٌ جاء من حيث لا يعلم، باحثٌ صحراويٌّ كان عابرًا مع زمرة من الفتية، عليه ملامح مستعليةٌ ونفخة كأنّه يسود ويحكم، بل هو من صنّاع القرار هناك، رمق في وجه سعد شيئًا من تقاسِيم الصّحراء، ورأى عينين تبوحان بنواحٍ لا يدركه سوى الطّالب من قبيل ذاك الفتى الذي يسّر له الولوج. تفرّسَ أحدهما الآخر، ومن محاسن الصّدف أنّهما يتقاسمان شعبة الدّراساتِ العربيّة، يتشاركان وحدة اللّغة التي بدأت حسناتها تظهر. كان من ذوي الفصل الخامس وقد تعذّر على الصّحراويّ أمر استكمال الوحدة، وظلّت عالة تثقل كاهله في الفصل الأوّل. كان منه لغز الولوجِ إلى المكان، بهمسة أذنٍ تحمل ما تحمل من ثقلٍ في أذن ذاك الرّجل، هل كانت تهديدًا ووعيدًا لذاك الرّجل الذي يوزّع الغرف حسب الرّغبة؟ أم وعدًا بشيء ماجن؟ أم كانت ابتزازًا؟ لا أحد يعلم غيرهما ما في تلك الرّسالة، تنفّس سعد الصعداء بعد أن نال مراده بتدخلٍ عرضيّ لم يطلبْهُ.

انتقل إلى الحيّ الجامعيّ في الشّهر ذاته، بعد أن دخل إليه خلسة وبشكل غير مؤطّر، لا بميثاق ولا وثيقة قانونيّة تحميه من كلّ انفلات ممكن، وفي غرفة تسع السّتّة، ولا يقبع بها سوى شابّ في كلّيّة طبّ الأسنان، لا يحضر إليها سوى تارة من أجل التقاط أنفاسه، أو في حاجته إلى خلوة بعد أن ينتفخ رأسه بأهوال العلم، أو حينما تتقطّع به السّبل. لم يعد يقوى على الحضور بعد أن صار يشاركه سعد الغرفة. لقد نعِم بها سعد وبأركانها، كأنّه قاتَل بضراوة من أجلها لسنوات عجاف، فجاءت من بعدهَا السّمان.

طالت المسافة بين الرّجل والحرم، واستمالته العزلة والانزواء، لا يمكنه إلّا أن يستمتع بهما، غير أنّه فقد الشّغف كثيرًا بنفسه، يستيقظ متأخّرًا وينام متأخّرًا، استمرّ الحال زُهاء ما يقدّر بفترة التحاقه بالحيّ، لقد فقد براءة الطّفولة، حيث الشّغب المصبوغ بالصّبا، فلا يمكن أن تتأبّط معك البراءة في كلّ مرّة. فَقد اندفاعيّة الشّباب باكرًا، رغم أنّه في طور الشّباب، فلا يمكن أن تكون شابًّا مرّتين، وهي حقيقة يجهلها. غيابُهَا يؤرقهُ كيانه البريء، ويقذف به إلى كهولة مبكّرة، وقد وجبَ أن يكسّر شوكته قبل أن يشيب القلبُ ويفطر، وجبَ أن يقدّمَ للقلب ترياق الصّفاء، بمستملحات شارلي شبلن إن فُطرَ، أو بوجود سارة التي أحبها من دون علمها، لتنفخ فيه حماسًا جديدًا.

ذات صباحٍ عليلٍ، بعد أن تركت سحابة شتاءٍ عابرٍ قطراتها على الأرض، وبدلت جوًّا ملطّخًا بدخان الحافلات والعربات المتطاير، وصبغت العاصمة بلون غير لونها، خرج مسرعًا من مسكنه بعد تأخّر في الاستيقاظ، قطع الطّريق المؤدّية إلى الحرم بعد أن ألهمه الجوّ، اقترب من المدخل فإذا برجله تنزلق على مشارف الباب الشّرقيّ، بعد الصّباح النديّ الذي يغري الإنسان. أوشك على الانبطاح، فإذا بيدٍ تحميه من مواربة قفزةٍ لم يحسنها، يدٍ صانته من لعق الممشَى. رفع عينه بغْتَةً، فكذّبها للوهلة الأولى. دُهش ومَارتْ في خلده عبارات لم يصدح بها: «لا شيء يمكن أن يتحقّق إلّا إذا كابدتَه، وعانيت من أجله، لا يمكن للمتسابق في المضمار أن يصل إلى نقطة النّهاية وهو لابث في موقعه، لا يمكن أن تمطر اليوم من دون سحَاب. إنّها معجزة في زمن اللّامعجزات. إنّ الملاك يحضر حينما يغيب الشّيطان، هل ظلّي الذي أفُل مع الشمسِ كان شيطانًا منعني من لقائها، فظهرت في هذا اليوم الممطر بعد أن زالَ؟».

حاول أن يتماسك وينظر إليها: «إنّها هي، كما رأيتها في اليوم الأوّل، تغيّر المكان والموقع والزمان، ولم تتغيّر تقاسيمها وبسمتها، إنّها مضادة

للتّغير والتّحوّل والابتذال، ستُعرف ولو بعد خمسين سنة ونيّف أو أكثر، إنّها الاستثناء».

ثمّ تلا بعد أن ذاع تلك الكلمات في خياله، وبصوت جهور: «أخيرًا. آلمني الغياب يا آنستي».

فابتسمت كعادتها ولم تبدِ ردّة فعلٍ، بل استغربت وتعجّبت، ثم تقاسما الطريق معًا، صوب الحرم.

...

«مساسن» أو محاسن ومساوئ

سنةٌ حبلى أوشكت على إسدال السّتار، توقّف عبد القادر في نهاية الرّواق أمام نوافذ القاعة السّفليّة للبناية الأماميّة والمقابلة للمدخل الرّئيس، بدت له أوراق بيضاء بعيدة عن نظرته، زاد من وتيرة الخطى بعد أن كرّر التّردّد على المكان في غير مرّة بغية الحصول على نتائج الامتحانات النّهائيّة والمراقبة المستمرّة.

امتحانانِ لم يُستوعَب بعدُ توازيهما الدّائم، لا حصّة ولا فاصل يباعد بينهما حالما تنتهي من اجتياز شقّ المراقبة المستمرة والمتوقّفة في زمنٍ معلوم لا تغادره، تعقبُها الامتحانات النّهائيّة التي لا يفرّق بينَهَا وبين الأولى غير الاسم وفاصلٍ زمنيٍّ ضئيل. الفتى أتقن استراتيجيّة الاشتغال في الفصل الأوّل، فطبّقها بحذاقةٍ مع بقيّة الفصول، لقد خبِر التّقليد في ظلّ تنميطٍ متواصلٍ لا يتغيّر، فَقِه أنّ المساءلة تترنّح بين محورين كبيرين، إنْ اجتزت محورًا في مقرّر امتُحِنْت فيما تبقّى من مقرّر الوحدة في النّهاية، هكذا استوعب درس الكلّية.

رَفعَ من وتيرة الخُطَى إلى مشية لا تشبه المشي ولا هي بجريٍ، خطوات متسارعة بعد استفزازِ عرض النّتائج، وجد أمامه رزمة من الأوراقِ موزّعة على تلك النّوافذ الزّجاجيّة بما يشبه لوحةً طويلةً بلون البياض لا تنتهي، بعد أن تابع نتائج الشُّعب تباعًا حتّى خشيَ من كون شعبته استثناء في عدم إعلانها، لقد بانَ له علم النّفس في آخر الرّصيف الذي يفصل بين المبنى والبساط الأخضر، فتنفّس الصّعداء، بعد أن أوجدها في آخر المطاف. أخذ نفسًا،

وبدأ يأخذ زفيرًا حادًّا، يجمع به كتل الهواء كأنّها آخذة في الانقراض، بدأ يُتمتم في البحث ويتَأتِئُ وسبَّابته وعينه في وشيجة متناهية، لم يكن يفرّخ الكلمات بالشّكل الذي يليق بها، ولم يعرف فحوى تناسلها، غير أنّه غالبًا ما كان يكرّر الحرف الأوّل من نسبه، وبدأ يراجع الحروف اللّاتينيّة نزولًا ويعيدها صعودا. إنّه يبحث عن لقبه «ثابت» بين مئات الأنساب والأسماء المرقونة باللّاتينيّة.

لم يُعر كتابة الاسم شيئًا من الاهتمام على امتداد تحصيله، لكنّه اليوم قد استشكله، فراح يتقصّى أسباب انحسار اللّغة العربيّة والتّضييق عليها، بدأ يسائل كيانه: «لماذا تتغوّل عليها الفرنسيّة في أرضها؟ هل هي إرث يجب الاحتفاظِ به دون التّعتيم عليه أو رفضه؟»».

وجب عليهِ أن يدرك أنّ الفرنسيّة هي آخر مسمار قد دُقّ في نعش الوطن، إنّها الميثاق الأخير الذي لقي الاستحسان، إنّها الاستعمار الجديد المُعصْرن الذي يقضّ مضاجعنا، أولاد فرنسا فرضوها كرهًا بعد تطبيع الخمسينيّات، إنّها اللّغة الرّسمية التي لا يمكن أن تنفكّ عن الأرضِ، قسرًا تتطاول علينا من دون إذن، فرضها كرهًا أولئك المتغطرسين النّرجسيّين، الذين يزعمون أنّها كونيّة ولغة للعرفان، أمّا لغة الإعجاز واللّمحة الدّالّة البليغة أهملت بسياسة ماكرة، يرونها لغةً أكل عليها الدّهر وشرب، يرونها لغة الماضي ولا تصلح لحاضر التكنولوجيا، لغة قابعة في الجهالة، ورسمها لا يعتدّ به ولا يشفع... هكذا ينظرون إليها بحقارة ودناءة، لقد أعدموا بلاغتها، وبجّلوا لغة لا تبلغ من العمر سوى بضعة قرون، الفرانسيس هناك وبيننا يراقبون هل مازالت الرّسالة محافظ عليها، يتعاهدون ويتجبّرون ويقرّون بإضمار ويؤكون أنّنا لم نتطهّر من دنس الاستعمار، بل هو في تمدّدٍ ولا ينتهي وخزه، فالتّنازل لا يعني الاستسلام دائما، وإذا غابت الذّخيرة

فالكلمة لها مقدرة عظيمة على تهييج الشّعوب، واللّغة تستطيع أن تعلن استمرار الحرب في كساءٍ جديدٍ.

تدرّج في المتابعة، قلبه يكاد يجنّ، وبدأ يخفقُ بسرعة خَفَقَان البالغ من العمر ما يُناهز الأسبوع، عتمة الزّجاج وعرضُ النتائج لم يسعفه على إيجاد اسمه، عبث الفصل الأوّل يتكرّر في الفصلِ الثاني، شتات الأوراق الفوضويّ يقضّ مضجعه، تلاشيها هنا وهناك يومئ إلى أنّ شخصًا علّقها ولا تجمعه صلة بها، كلّ ورقة منفصلة لا تتودّد على نظيرتها، وكلّ ترتيب لا يشبه الآخر، وكل وحدةٍ في ضفّة. ما هذا الإرباك في منهل التّنظيم ورجاحة الفكر؟ بدا الشّابّ منهمكًا في البحث، لقد أخذ منه الأمر ما يقارب نصف ساعة لجمع الدّرجات، وقد أفلح بعد عناء جهيد وفي زمن ساعةٍ تتراوح بين الجمع والنّظرات التّائهة. كاد أن يُغمَى عليه مع آخر وحدةٍ في نهاية الأمر، غير أنّه استبشر خيرًا، وكانت نتائجه مشرّفة مشرقةً، ومدعاة للاطمئنان.

أجاد في علم النّفس، ونال مأربه بجدارةٍ بعد مكابدةٍ. احتمالاتٌ قوّضت بعدما ذهب في مسار غير ما كان يصبو إليه، تلاشتْ همومه المتعاظمة في ألا يوفّق، واندثرتْ مشاعر الارتياب، وأعْقبَت شواغله الأولى هَلهلةٌ لِما أوْجَده في تلك الأرقام المعلّقة، وختامُ سنة كان بعبق المسكِ، بعد فصلٍ أوّل سدّد فيه وأصاب.

...

أنهى عبد القادر مدار السّنة بنفس النّفس، الفتى ببشاشة يستقبل بعض درجات الفصل الثّاني بعد أن أتمّ غاياته وغنم ممّا قاساه، ها هو بعد مكابدة وتوق ينتشي بفرحٍ أوّليّ في مسار الكلّية التي تُقطر عليه ما جاء من أجله، لقد أمسك عن الكلامِ في فترة انتظارِ الكشفِ عن الدّرجات النّهائيّة، ها هو ذا يطلقُ ما كان يكتنزهُ من شحنات ضغط مضمرة. لقد كان في فوهة التردّد،

وقد أفلح في تحريك دولاب الأمل، كجذف ملّاح يجابه تيّارات الماء والموج العاتي في صراع البقاء واستمرار سيرورة المجابهة وسيرورة النّجاح بعد أن يغنمَ ويحلّ على اليابسة ويخرج من قعرِ البحار منتصرًا.

غادر موقع النّتائج سريعًا، لا يريد تعكير جوّه بسماع نحيبٍ في جنباته أو أنين التّعثّر، بالرّغم من أنّ التّعثّر ليس عدا إعلان لمعاودة القيام، بعد حبوٍ، فمشي، فجريٍ كجري الملتهب. هذا ما أغفله الفتى في ذاك الحين بل كان بقدر تفكيره في نفسه بقدر تفكيره في الآخرين وإنْ تباين المجهود واختلفت درجات المكابدة. غيَّرَ وجهته صوب مقصف الكلّيّة بعدما اهتنأ من ثقل الفصل الجامعيّ، ضنكُ المماطلة كُتِب له التّمام، ووجع اللّيل بادَ، واعتصار الأيّام بين الإقبال والإدبار اندثرَ. كدحٌ لم يذهب سُدى، وقد آن الأوان ليتنفس عناءَ الصُّعودِ، وأن يستعيد بعضًا من أيّامه المُضنية على مضض ليتلذّذها، آن له أن يتناسى العوائق في انشراحٍ، وفي لحظته احتاج لوقفةٍ بل إلى جلسةٍ أقرب للهدوء.

وصل لمقصف الحرم الذي لا يبعد سوى خطوات معدودات عن مكان عرض النّتائج، جاوز عتبة باب المدخل، واستقدم النادل، فطلب منه سوداء مركّزة، فقال في قرارة نفسه: «إنّ السوداء تصلح للارتخاء فوق شرفةٍ على رحاب بحرٍ، أو على مكتب بشمعة كنبراس ينير عتمة اللّيل، إنّ السّوداء تُحتاج أثناء عصارة الدماغ، حينما تتصفّح الأوراق والتآليف، فتفتح مسامات العقل، أو تُحتاج لجلسة طويلة الأمد، إنّها لا تصلحُ إلّا لأشياء من هذا القبيل، وأنا في غير تلك الوضعيّات».

أعاد نفيَ المطلبِ بعد هنيهة، فطلب كأس برتقال من دون سكّر، فنطق في جوفه: «البرتقال يطفئ ظمئي، ولهب حماسي، ويحرّك شراييني الّتي تثاقلت من توتّر تلك اللّحظات العصيبة، بعد أن هوت حرارتها في الجريان إثر المعاينة، إنّه الأفضل في اللّحظة والزّمان وكذا المكان».

الفتى كانت تحركه رغباته التي تزاحمت في كيانه، وصل طلَبه في كأس أصفر باردٍ، تعلوه شريحة برتقالٍ دائريّة تقول إنّني البرتقال نفسه في قلب الكأس ولست ماءً ومسحوقًا ملوّنًا بنفس نسمة البرتقال، لكن من آبه! فالفتى استمرّ في الانتشاء، وراح يستقصي عابرات الزّمن بين جدران العرفان، وعلى حين غرّة وقف بجانبه طالب من طلبة الكلّيّة، بسبب اكتظاظ المكان، استأذن الطّالب من عبد القادر كي يجالسه، فرحّب بدماثته بذلك من دون امتناعٍ، كعُرفٍ من أعراف الاحترام. كان عبد القادر في غبطة، منبسط الأسارير، ومبتهجًا بما حصل معه توًّا، وقد استقبل ضيفه بانشراح صدر مألوف ولو في أحلك الظّروف وقد تزامن الأمر مع أشرقها.

كان ذاك الطّالب متأبّطًا بعض التّآليف من أمّهات الكتب، إنّها مجلّدات من تفسير الإمام البخاريّ، فزاد فرح عبد القادر بمجالسته مستحسنًا إيّاه. بدأ الطّالبان يتبادلان أطراف الحديث، ويقتصّان من معينهما، وقد أسهبا في كشف أوراقهما. كان ذاك الشابّ من أهل الفلسفة أمّ العلوم، وكان اسمه قدّور ونسبه خالد.

لم تكن غاية قدّور حديثًا أخويًّا عرضيًّا، بل كان هوسُهُ حياكة ثوب التّبعيّة بمقياسٍ من يلاقيه، لم يكن همّه سوى استدراج الشابّ الأطلسيّ لخندقه. تشبّع عقله بفكر التشكّك، وكان ميّالًا إليه. ذاك الشابّ يرى نفسه مجدّدًا فَهيمًا، وهو يعيد كرّة الغرب ويحاكيها، ويمارس السّفسطة عوض الفلسفة.

اتّجهت عينه صوب عبد القادر، ذاك الفتى الحذق الفطن الذي لم يوفّق في اختيار المكان، حظه التعيس انتهى به في قبضة قدّور الذي لامس فيه شيئًا من السّذاجة والبراءة، وبعينه الماكرة الخادعة المتفرّسة التي لا تخطئ فراستها، عزم الأقدر من عزازيل أن ينقل للفتى فكرًا محدودًا بعيدًا عنه، منطقًا أعوج في شنيع الأفعال، وفي ذاك المقصف بدأت سياسة الاستدراج.

خبايا جفونٍ

فقد هوسه بالكرة نسبيًّا بعد أن طال به المقامُ بين الجدران الإسمنتيّة، فالأشياء تلغي الأخرى، إسمنت ألغى سهولًا لا تصلح سوى للرّكض، ما كان يصلحُ في أمكنة تتنكّره أخرى، وشواغله اليوم أنهت سريعًا مشاغل الأمس، فالفتى سعد نسيَ أكثر الهوايات ميلًا إلى قلبه بعد أن كان يتنفّسها بل أمسى يتناساها بقصدٍ. ربّما أوفى بوعدٍ قطعه على نفسه أيّام تعسّف المدرّب رُشدي، ومن يدي! أو لعلّها أبجديات المكان وطقوسه ولم يجد زملاء يتردّدون على ممارستها ، أو ربّما نسفت الأيّام وعدَهُ وأرغمته قسرًا على إعادة ترتيب أولويّاته، ويُحتمَلُ أنّ الفضاء المكانيّ الضّئيل يقمع لديه تلك الرّغبة المنسية، فمرافق البلاد منحصرة في مواضع بعينها، ولا يفكّر أهلها سوى في ملئِها بما تحمله اليد من دنانير كلّما كثرت كلّما كثر الاستعمال، والمتاحُ منها لا يخلو أن يكون تحتَ ملكيّة آمرٍ نافذٍ يسود في المكان ويحكم ويوزّع بسجيّته... ومن يعلم أنّ سارة قد أخذت حيّزًا أكبر من كيانه وهوسهِ، وسطت على ما يملأ القلب بأن ستلت منزلة كبيرة وحلّت محلّ الهواية، عمومًا تتعدّد الأسباب لكن الموقف واحد رهين بالكفّ عن الممارسة.

...

أنسته سطوة الفتاة جملة من الأشياء التي يحبّ، وقد أتقن المجاملة بعد توالي اللّقاءات الّتي نشبت في وثاقة الصّلة بينهما، لم يبوحا بالكثير ممّا تحمله أفئدتهما، لكنّ حركات العيون واشية وتعرّي كمونهما وما يسكنهما من وداد، فالأفئدة تبصرُ ولا تستطيع أن تخطئ الحدس في ما يشتركان فيه ويتشاركانه،

وهوايته الجديدة الآن صارت أكبر من أن يصِفها، صارت بهيام قلب طريد يكنّ له الإعجاب، والإعجاب سلّم بدرجاتٍ، وقد احتلّت الفتاة رأس هرم ما يميل له، وأزاحت ممارسة الكرة من عرشها، نسيَ كلّ شيء لأنّ العشق سلطةٌ تُفرضُ ولا حرج في أن يفرضَ في زمنٍ نحتاج فيه إلى العشق بشكل أكبر.

اكتسبَ الفتى الجنوبيُّ خبرةً ضاعت عليه في البداية، صار يباغتُ ويطلبُ اللّقاء كلّما سنحت الفرصة بذلك، خصوصًا بين ردهات الكلّيّة، هناك يتبادلان اللّحظات الوجدانيّة، صار أكثر إصرارًا على نيل وِدّها أكثر من أي وقت مضى، لقد أضاعت عالمه وأمست وحدها عوالم لا حدّ لها، كانت تستلبه كلّما نبرت أو تحدّثتْ، لم يعثر بعد على جرأة لفكّ ما يصدّه على بوحٍ يُذيب جبال الخجلِ. لم يستكشف بعد بيتها الدّاخليّ وما يأويه، وقد شاء بعنفٍ أن يبحث عن لقاء رسميّ يردمُ فيه حواجز تمنع البوح، ويكْشِف فيه النوايا بعد أن يستجمع لحظاتٍ سابقة تلهمه بطرح ما يثقلهُ من مشاعرة تتضافرُ فيه، وليفشي في كلّ شيء مجهول ومبهم يجمع تفاصيلهما الصّغيرة والكبيرة، إنّه يحتاج للاعتراف.

ذات مرّة، بعد الانتهاء من أُولى فصول الجامعة، كانت فرصة ذاك الشّهر سانحة ليجالسها في حوار ثنائيّ لا يقبل ثالثًا، ففي فبراير وحده تتطهّر الذّاتُ من شُحنها السّلبيّة، في فبراير تصير المشاعر صافية كما الجوّ تماما، في فبراير تُرهم الأحاسيس، وفي فبراير تتوهّج المقابلات وتصير شعلةً وهّاجة ويثور الإنسان على ما عاداته التي تُلجمهُ، في فبراير تنتعش قرارات الحبّ وتلين الأنفس وتزهو اللّقاءات وتزهر.

أصرّ على أن يكرّم شهر فبراير، هو شهر لا ينكث الوعود، أراد أن يشاطرها محسوساته الدّاخليّة، وأن تبادله إيّاها. اقترح موعدًا، فعيّنت المكان والزّمان،

لم يكن له مانع، فهمه اللّقاء ومجالستها بانفرادٍ بقدر ما كانت تغريه الأمكنة والأزمنة. اقترحت الفتاة عليه لقاءً في أحد مقاهي شارع محمد الخامس، في يوم الأحد، يوم سبات السّفهاء، والحركة القليلة، واحتفاء المكان بنفسه.

تأنّق بعد أن اقتنى طقمًا من الملابس الشّبابيّة قبل اللّقاء، بتلك المنحة البخسة التي تُقدّم له كلّ ثلاثة أشهر، كانت أوّل دفعةٍ احتفى بها، وادّخر شيئًا منها لمثل تلك المواقف. حدّدا اللّقاء الأوّل أمام قارعة طريق البرلمان، بمحاذاة شبابيكها الشّبيهة بقضبان السّجون، وعلى بابيها تحديدًا، قبل أن يستأنفا السّير، لجوءًا إلى مقهى «التيرمينوس» العالية خوفًا من أن تضايقهم العيون العابرة والفضوليّة.

في ذلك المقهى الشّاهق العالي المخالف للأعراف، والذي يسفُله الفندق بما ألف الإنسان، في ذاك المضجع المتواري ينفذ الثنائي لأخذ نفسٍ على سجيتهم دون أن يضايق أحد جمعهم... لكنّ الرّفيقين لم يقصدانه لتلك الأسباب فحسب، لقد كانت الفتاة تعلم أنّه المقهى يرسم من أعلى صورةً بانوراميّة للمدينة، إنّه ليس في السّفح كالبقيّة، ولا في الطّابق الثاني كما استُحدثَ في المقاهي، إنّه كناطحة سحابٍ عاتية، وهو أعلى ما يوجد في العاصمة. أراد اليافعان أن يتبوّآ العلوّ ولو للحظة، شاءا أن يطلقا ما يكتنزانه ويجهرا بالبوح من دون رقابةٍ ومن دون همسٍ ولا هسهسة أرادوا التقاسم بجهرٍ.

دلج الفتى إلى المكان بشوق حادٍّ، عبر «باب الأحد» قبل الوصول إلى المكان المتّفق عليه وهو يمتطي سيّارة أجرة، وجد حشدًا بشريًّا عرقل سيره وكبح شوقه المحتدم المتدفّق وجماحه للوصول للحظات كانت أثمن من وقت الماضي كلّه، لم يخف ريبته من الأمر للوهلة الأولى، فهو لم يرَ مطلقًا تلك الحشود البشريّة، ولم يعرف طبيعة التّجمّع، لكنّه انبهرَ وعلتهُ ملامح الدّهشة، لم يغفل أنّها احتجاجات في ظلّ ما كانت تتلقّفه أذنه من أصداء

مُتطايرة تملأ المكان، وما يُصدَح به الحناجر كأنها تريد الخروج من موضعها، وقد رأى لواءات تظهر عليها عبارات الفساد بصبغ أبيض على وشاحٍ أسود.

اخترق التّجمهر بعد أن روى فضوله، لم يعبأ كثيرًا لأنّ في خلده عشق قمر ينتظره وينسيه لوعة النّجوم. تدرّج من السيّارة، ليصلَ سريعًا للمكان الذي تعاهدا عليه، وقد وصل قبل الوقت بدقائقَ. بدأ يجوب المكان في شبه حلقات صغيرة حائلةٍ بينه وبين انتظار مجيئها، حلقات أنتجها الكشكول المتضارب بين الحماسة والارتقاب، أو ربّما فهي تنفعه لمنع التّوتّر ولسدّ فجوة الانتظار الذي يخنقه.

ها هي تتقدّم بخُطى متّسقة، قادمة من جهة «باب الأحد»، وفي التّوقيت الذي تقاطعا عليه، جاءت على الطّريق الّتي سلكها قبلها، تتقدّم سارة بخطوات طافحة بالثقة ويغمرها العنفوان كأنّها مَهَا الغاب الرّاقصة في مشيتها تبتهج بالرّبيع تحت حفيف الشّجر، تتقدّم كشمس الصّباح العليل بجلاله، وكلؤلؤة زئبقيّة زبرجديّةٍ بثوب أخضر ناصع. تلوح بسلامها عليه وتضعُ يدها في يده، ويمسك بها هو الآخر، محكِمًا عليها القبض كالخائف على شيء قابل للاستلاب. لقد كانت محاولة أولى للقاء الحقيقة المخفيّة فيما جمعهما من أيامٍ.

عدّا الخطوات سويّا، وقد وصلا لباب الفندق الذي يقودُ صوب المقهى طلوعًا، دخلا المصعد الكهربائيّ، وتاها بين الأعداد، وقد ضغطا آخر رقم في سلسلة الأرقام، لعِلْمهمَا أنهما يقصدان سطح البناية. حلّا بالمكان في رمشةٍ ليجدا صورة بانوراميّة من الأعلى تقزّم المدينة من منظور الفوتوغرافي، وتحتفي بفخامته من وجهتهما ووجهة غيرهما. لا يفقه سعد شيئًا في ثنايا الصّورة، وزوايا النّظرة، ما كان يروّعه هو هيبة المكان وسموّه، لوحة المدينة كأنّها تضع بردة البياض على مداها بنايات مرصّعة مستوية على امتداد العين إلى ما لا تراه، وأسفل عينه مدار كموئل الدّائرة ومركزه دائرة خضراء، بساقية

تنفر الماء وتشطر المكان، أمّا الرّباط في شموليّتها فلا تعدو أن تكون محيطًا للمدار، ومساحة في الآن ذاته...

انبهر الفتى بما لم تره عينه سابقًا، صورة فلكيّة يلمحها من الأعلى بعد الزّوال وما عقبَه في المساء، حيث مكثا إلى أن يحين زمنُ المحبين، يوم ينجلي نور الشّمسِ وترسلُ فتات ضوئها الخافت. عهِد سعد الكثبان الرّمليّة والنّظرات من أعلى الجبال، لكن من دون ضوء اللّيالي الذي يعطي المكان حلّة بديعة بلون شمس الغروب. أخذا في الجلوس بعد طلبيّة قدّماها قبل الحجز، حامت بينهما نظرات تتكلّم لغة الأعين، وتقرّ حقيقة الإعجاب المتبادل، عينا الواحد لا تكذبان على مشاعر الآخر، شرعا في محادثة سكونيّة، يدغدغها عبق المكان والمساء، في ذاك الفضاء الذي يبيح لك قول ما تشاء. أخذ سعد البادرة: «سارة».

«نعم».

«سحقًا لهذا الشعور، إنّه قاتل».

أرادت أن تتصنّع البلاهة: «ما بالك وما باله».

«أعتقد بأنّني وقت في لوعتك، ولا أعلم إن كان من حقي البوح بذلك، أو كان من حقي ذلك في الأصل، أنا لا أعلم صدقا».

لم تشأ أن تُظهر أحاسيسها، قالت في تهكّم مدغم بغنجٍ: «أخاف أن أزيد من إغراقك، فتنفكّ كحوتٍ أزرق يائس نالت منه نوائب العمق الشّداد».

«إن كان بك النفوق فهو أرحم، فحياتي تعادل مماتي يا سارة، نحن نعيش بحسّ وليس بشهقة هواء نستنشقها، نعيش حينما تتماه أنفسنا مع من يكمّل عيوبها ونواقصها، ولعلّ مهجتي واقفة من دون وصلك في حقيقة الأمر، ولا أشكّ أنّ في وصلك لي حياة يا سارة، لقد أخذت هامشًا أكبر من حياتي ومن مواقيتي، ولا أعرف كيف تسرّبت إليّ وإلى باطني».

حاولت أن تعثر الكلام، وتجعل ردّها متأخّرًا، فعاودت السؤال بعد أن انتهى فيضه: «حدّثني قليلًا عنك، فمهما جلسنا وتداولنا فأنا لا أعرف ما أحتاج معرفته».

تفهّم الأمر، أدرك أنّها لم تشأ الرّدّ، عيناها تخونانها، لكنّها تبحث عن معرفة المزيد، تساءل كيف لها أن تكتم وتستمرّ في ذلك، لساعات أو أيّام، عكس ما يُخيّل له، ثمّ شرع في الرّد: «أنت تعرفين من أكون، تبادلنا الكلمات سابقًا، مثل ماذا إذن؟».

«طفولتك، موطنك، كلّ شيء صنعك، وهو أقرب إليك وإلى وجدانك».

«عشت في الهامش قبل الانتقال للمركز، لا أزال أذكر شيئًا من الصّبا، ففي كلّ قرية صروف، في الشّتاء نومٌ على الحصير في قرية معلقة في جبلٍ، بين أسقف تخترقها قطرات المطر، فيوضع لها قماش قطنيّ يخفي صوتها، أو طرف غطاء بلاستيكيّ يعزف مقامًا سمعيًّا طربيًّا، يعبر بك الواقع وينقلك لعوالم متخيّلة تنسيك نوائب الحياة، كنّا نستمتع بتلك البساطة، في ذلك الواقع البدائيّ الذي ترى فيه الفرد بدرجة إنسان. كلّ شيء هناك ذو قيمة، إلّا من يحكمون ويسيّرون، نواجه الحياة بدافع الحاجة، نستغلّ كلّ شيء يحقّق المآرب، لم نكن عدميّين، ولم نكن متطلّبين. بين الأوحال تغرق الأرجل ونحن في طريقنا إلى المدرسة، قبل أن نجد بركة من بقايا الشتاء، ثمّ نلاعب الماء الضّحل بما ننتعله، نقد البرك المائيّة التي تخلّفها الأمطار ببشاشةٍ وانشراح لشدّة الشّوق، صورة لا تغادر خيالي اللّحظة، هناك يدرك غنيّ الأخلاق قدره، ويدرك فقيرها مقامه، هناك المجمع وثقافة الوصل، هناك تنضح ثقافة القبيلة بمحاسنها».

توقّف عن الكلام فذكّرته: «نسيت الصّيف».

«نحن في الصّحراء كما تعلمين، في الصّيف لا تستقبل الأرض البور قطرات الماء، نعيش كمن في فوّهة البركان، في فصل الصّيف نحسّ أنّنا أقرب

إلى الشّمس ببضع درجات،، نبلّل الإزار وينضب طلّه سريعًا، لا يستغرق الأمر بضع دقائق معدودات ليجفّ. في الصّيف يتوقّف حفيف الأشجار، وتكفُّ الحياة عن الحركة، كأنّها أفلست، يصفعك لفحٌ حارٌّ كموجات ساخنة ترسلها تلك الأرض الحارقة التي تغلي وتتغلغل بالحميم، تلك الجبال التي تحوم بنا تخزّن وابلًا من الطّاقة الجارفة الجوفاء فتفرزها حالما تتخلّص من حرارة شمس نتلظّى بها دقائق وساعات اليوم فتتمّم ما تركه قفار اليوم. في الصّيف يا آنستي يتعذّر عليك أن تمشي حافي القدمين خوفا من أن تحرقك الأرض، وإن شئت مباركة التّربة دفعت ثمن الاحتراقِ. في الصّيف هجير يشطر السّماء، فيبحث الإنسان عن برك ماءٍ، أو سواقي يتوسّدها، أو عينٍ ماء تحفظ حرارة الأبدان وتنعشها، أو حتى منهلٍ يقيه من نار جحيم الأرض القحلة. في الصّيف يا سارة نصادق الأفاعي اللّاذعة، والعقارب من ذوات الشّكل والألوان، ونتعرّف على أنواعٍ من الزّواحف التي تحلّ ضيوفًا على المكان، ونضع القطران احترازًا ووقايةً للسعات القاتلة في غياب مصلٍ ، ضادّ، وغياب كائن يسعفك بعد اللّسع. في الصّيف يا غاليتي، يغيب الوحيش ويبرح الأرض صباحًا، ويتعالى النهيق، وصفير الصّراصر، ونباح الكلاب ليلًا. في الصيف يا عزيزتي لا نعيش كالنّاس بل كوحوش الصّحاري الكبرى التي تتعايش مع ظرفيّة المكان وتتأقلم... لكنّنا نعشق قساوة المكان، ورغم شظف العيش فإننا نْعم ولو ساء بنا مصيرًا. أنت تعلمين أنّ الإنسان قدّر له أن يعيش في تفاوت كما الحيوان، فالسّناجب منها البرّية والثّلجيّة، من تعيش في الجبال المشمسة، وأخرى في ثنايا الثلوج في جبال تلبس برد البردِ. في ذاك المسقط ولجحه العاتية آفَةً وقساوة، إلّا أنّهُ أرحم من قساوة الإنسان، فنحن نسكنه ويسكننا».

نال منها الإشفاق وتألّمت، وقد أحسّت بأنّه قد أضمر لها شيئًا يخصّها، لقد ختم بعبارة ربما تضمر ها الكثير، وقد جعل تأويلها حائرًا في مقصده،

لكنّها أرادت أن تخفّف عنه شيئًا ممّا يلصق بوجدانه، فردّت عليه قائلة في صوت شبيه بالهمس: «ارتبطت بك بصدقٍ أكثر ممّا يَنْبغي، أستطيع أن أستمرّ في قمع ذاتي لكنْ هنا أشياء تغلُب قدرتنا على أن نسترها».

أراد يفرّخ بعض الكلمات، لكنّها قد ختلته ولم يستقرأ صوتها، بعد أن خاض كثيرًا فيما يمور في خلده، من ذكريات موشومة خالدة، فطالبها بأن تكرّر ما قالت، ثمّ أفصحت بالقول في غناجٍ: «لا شيء؛ قلت إنّها القناعة».

أراد أن يستميلها قليلًا، وأن يستفزّها ويستفزّ أبّهتها، فقال لها: «وأنت ماذا تخفين؟».

حرّكت رأسها بسرعة بين الشّمال واليمين، مفادها الغاية والمقصد، والاستفسار عن طبيعة المبحوث والمستفسر عنه.

شرح: «أريد أن أشاركَكِ عالمك الغامض الآسر».

قالت: «ما عساي أقول، أنا فتاة متطفّلة على المكان، وقد تعلّقت به، كنت ميّالة إلى استكشاف ما ظلّ يخزيني، أختلف معك في كلّ شيء عُرْفيّ، أنت رأيت النّور في الهامش وأنا فيما يشبه المركز في قاموسك، عِشتَ حياة شقيّة وأنا ذقت البذخ والتّرف، أنت مغربيّ وأنا غربيّة المسقط، ونصف مغربية التّرعرع، لكنّنا نتشارك التّيه في أوّل لقاء».

بعد شبه كبحٍ للصوت استرسلت: «بالمناسبة أنا لست مغربيّة، كنت أنتظر منك طرح السّؤال، لكنّ حدسي ألهمني أنّك لا تميّز بين أفراد المجتمعات، تظنّها متآخية، تحتمل كلّ الأجناس والأنواع، وهذا عائد لعفويّتك وسذاجتك المحمودة، والتي لا يحملها سوى أهل التقوى والدّماثة، بالفعل أنا أسكن هذه البلاد منذ فترة ليست بالقصيرة، قدمْت إليها حينما كان والديّ في مهمّة رسميّة للبلاد، والدي يشتغل بالهيئة الدّبلوماسيّة البريطانيّة ولا أعلم لماذا لم تنتبه إلى أنّي لا أنتمي للمكان. تلقّيت معظم تكويني في المرحلة

التأهيليّة بالبعثات البريطانيّة بعد أن نلت شهادة الباكالوريا، صرتُ قريبة من التّحرّر، لقد فسح لي وطنكم في تلك المهلة إمكانيّة الانشداد إليه، لقد فتنني من حيث لا أدري، وفي حقيقة الأمر لم تكن لي صلة بالكلّيّة، كنت أتردّد إليها تارة بعد أخرى وبشكلٍ دائم، أردت أن أرتوي وأكشف طبيعة العقول في منبع الفكر والمعرفة، اخترت الكلّيّات لأسْتشِفّها عن قرب، فهي تتيح لي قدرًا كبيرًا من إمكانيّة الاتّصال والتّواصل والتّفاعل مع الذّوات المتباينة، سواء في الاحتكاك المباشر معها، أو فيما أراه داخليًّا بين الشّعوب التي أتودّد عليها وأنوِّعها من دون مقياس أو شرطٍ. لم أَكن متحرّرة فيما مضى، كنتُ تحت الوصاية المبالغِ فيها، الآن صرتُ أكثر جرأة من دون قيد، أنسلُّ بين الأماكن برغباتي ونزواتي... لا عجب أنّ نبرتي قريبة إلى لكنتك العربية، ربّما لكونك جنوبيًّا ولا تتقن اللّغة بحذافيرها، ولكوني لا أنحدر من هذا المكان بقدر ما أنا متطفّلة عليهِ وعلى اللّغة».

أوّل شيء فكّر فيه في تلك اللّحظة أمر الدّيانة والمعتقد، وقد استحضر ما كان يتلقّاه في حرّيّة التعبّد، في كتب التّربية المدرسيّة، لكنّ الذي يؤرق باله رهين بسُبل المعاشرة. كان تفكيره بعيد المدى، لذلك وجد نفسه أمام صراع محموم، سجال الإحساس والعاطفة بين عقل يحتكم للأعراف والعقيدة وقلب أحبّ بجنون. لم يشأ قطّ دخول دوّامة الجدليّات، فقاطعها من دون أن يبدي أدنى اضطرابٍ أو ارتياب: «أنا أمازيغيّ، رغم أنّ دِمائي المغربيّة لا تعرف صفاء العرق بالأحرى، أجيد لهجتي المحلّيّة «تشلحيت»[1]، لكنّني لستُ جاهلًا بلهجتي العربيّة، أحتاجُ إلى مرونة الأوتار في الحقيقة -قالها

(1) تستعمل لهجة تشلحيت المتفرّعة عن -الأمازيغيّة- أساسًا بالمملكة المغربية في رقعة جغرافية يحدها محور دمنات - الصويرة شمالًا، والمحيط الأطلسي غربًا ومحور ورزازات - تاكونيت شرقًا ومحور سلسلة باني - واد نون جنوبًا.

والابتسامة على محيّاه- لقد تعلّمت دَارجَ العربيّ في ما تيسّر لنا بين حجر التّعليم والتّربية».

تابعتْ: «حسنًا، نحن نتقاسم رداءة المخارجِ اللّفظيّة نسبيًّا -وهي تبتسم- أتقاسم وإيّاك نبرة لهجتي العربيّة القريبة إلى الرّكاكة، الأمر الذي جعلني منزوية في ذاك اليوم، كنت غريبة على المكان، وسرّ الطمأنينة لشخصك كان في نبرتكَ يوم التقينا، أتتذكّر؟».

أجاب: «ومن ينسى تاريخ الولادة، ومن ينسى شساعة القمر في حضرة النّجومِ».

ابتسمت بوقارٍ، واسترسلت: «وجدتُ غريبًا مثلي، وجدتُ من أشاركه لحظاتي الأولى بين المغاربة عن قربٍ بعد أن تحاشيتُ الجميع ونفرت منهم في الكلّية، وحت قبل ذلك حينما كنت أرمق الجميع من فوق الشّرفة كفتاة قاصر منطوية على نفسها، لكنّني وجدتك تحمل هواجِسي ذاتها».

أدرك أنّها تتودّد عليه، قد ألبستهُ ثوبها على مقاسه، وصار قلبه يتّسعُ لها أكثر فأكثر كرئة يملؤها الهواء في كلّ شهقة، وككرة ثلجيّة تتدحرج من أعالي الجبال فتتضخّم بعد كلّ دحرجة.

...

ما بعد المكيدة

بدأت لقاءات عبد القادر وقدّور تتكثّف وتطّرد وتنتفخ أكثر، حفِظا المكان وأوقات اللّقاء، وألِفا المواقيت ذاتها دون أن يقدما على التّخلّف بقصدٍ، وفي كلّ غياب تفرضه الأحايين تارة يستفسر أحدهما عن الآخر، بدأت الأحلام التي قادت عبد القادر إلى الجامعة تتلاشى وتندثر، ويتعاظم فيه الابتعاد عن مآربه كأنّها لم تكن. قلّت حدّة الرغبة التي تسكنه أسوة ببداياته، غابت جدّيّته وكثُر الاستهتار، كان الشّابّ يسمع الأحاديث المريبة ولم يجفل يومًا، كان حسّاسًا فيما مضى لكنّه اليوم غَدَا عدميًّا غير آبهٍ بما يحصل أمامه وخلفه. النّهاية تشي أنّهُ فترَ من واقعه، وصارت عيناه جاحظتين أكثر من ذي قبل.

مضت سنة موسم دراسيّ سريعٍ، انتقلت الأحاديث من عوائق الدّراسة ومحاسن الكلّيّة ومساوئها، وأحاديث علم النّفس المرضيّ، والتّجريبيّ، والإرشاديّ، والتّعمّق في مفاهيم الفلسفة والعقل، والفرق الكلاميّة والمعتزلة، فيما مضى، وصارت الأحاديث تَسَعُ قوانين الحياة وتنظيماتها.

بدأ قدّور ينهش ويهشم دماغ الشّاب رويدًا رويدًا، ويغيّر قناعاته التي اكتسبها برضا الذّات، وتعلّمَها في حياة الاستقامة. لقد قُدِّر لقدّور دور البطولة، وتابع مكابدته برسم ملذّات الكون، وخطّ عالمٍ يعبق بجمالٍ مزيّف بنواة الرّذيلة، بغير الجمال الذي يعرف عبد القادر.

حاول قدّور جاهدًا أن يكسّر لعبد القادر قاعدة الثّبات، وأن يتلذّذ ما استطاع باستلاب الفتى، وينتشي بأفعاله التي يجدُ في طريقها متعةً أكبر من متعة الوصول، يحيي الفتى بالكلام كما يُتخيّل له، لكنّه يقتله بالكلام في الحقيقة.

ينتفض عبد القادر في وجهه أحيانا، لكن سرعان ما يُذيب قدّور رجّاته، ويلهمه بهراء جديد، أو يستغل علة الفرد، ذلك النّعت بالانطواء وتجنب تقبّل الاختلاف، تلك النعوتُ تسحر الكثيرين وتجعلهم خاضعين وباحثين عن تبريرات للبرْء منها، وما وجد عبد القادر إلّا أنْ يتنازل سريعا عن مواقفه المعلنة، ليعود إلى مساقات المروّض الماهر.

كان قدّور خبيرًا في استنزاف العقول، وقد رأى في عبد القادر رهينة وأسيرًا سهل المنال، فاستغلّ سذاجته وعاطفته التي تُستمالُ كثيرا، ونظرته المتعقّلة بالحياة والوجود، واستدرجه لأنّ أمثاله يمكن نقلهم خلسة لأمور الميتافيزيقيا، وقد كان مأدبة مفضّلة يتردّد عليها قدّور، وعلم النّفس لم تَنفع عبد القادر أمام طلاسم الذي عمّق فيه مشاعر التّيه، فحتى العلوم الإنسانيّة تفشل في استكشاف الإنسان بقدرٍ مطلق.

تكرّرت جلسات عبد القادر مع ذاك الشابّ وتوطّدت علاقتهما، انخرط في ألاعيبه دون قدرة على الانعتاق، وحاد عن الأشياء التي أحبّها في عالمٍ كان بالأمس يجد نفسه منتميًا إليه ويشعر أنّه جزء من حسناتهِ، اليوم غدا يرى العالم في ثوبٍ جديد، في كساءٍ جديد ألبسه له قدّور الذي أراد أن يريه الحياة بعينٍ تغرق في المتعة التي لا تتَلاءم مع أعراف الحياة، أراد أن يدفعه ليُطلق عنانه في الأرض كما يحلو للطّبيعة أن تفعل، وأن يلصق له عبارةً يجعلها لازمة ليقول باستمرارٍ: «لا شيء فوق الأرض يستحقّ العناء».

لم يُبدِ عبد القادر مقاومة تُذكر أمام سياسة الاستلاب التي تواترت باتّئاد، البئيس عبد القادر أمسى طريدة وجدت ذاتها تُقضم وهي حيّة دون أن ينتبه للأمر. لم يكن يُحسن المناظرة وكان يستقبل بدهشةٍ بقدر ما كان لا يُناقش، يستسلم في كنه حربٍ تعصف به وبرغباته الذّاتية، وقد نالت منه بعض النصوص المنتقاة بدقّة وعنايةٍ وغايةٍ يعرفها قدّور، نصوص تحتمل الاجتهاد بهامشٍ أكبر يتيح اللّعب في تفاصيلها، وأخرى تعرّضت لسوء فهمٍ.

ذات يوم، جاءه قدّور حاملًا شيئًا مريعًا يثير الشّبهات، فقال للفتى الذي كان بريئا ولا أحد يعلم غيره إنْ ظلّ كذلك: «أتعلم أيّها الرّفيق، أنّ العقل أداة لا يحقّ أن تحجب عنها مناهل الحقيقة إلّا لمن أراد أن ينطوي عليه البهتان، إنّ العقل قد جُعل لينقّب ويفتّش عن كلّ ما يثيره، العقل ملكة الإنسان، فهل تكون إنسانًا وأنت لا تراوحه مكانَه ولا تشغّله فيما لا يصحّ أن يشغّل فيه؟».

أحسّ عبد القادر برصاصة تخترق جسده المرهف، لقد جعله حائرًا تائهًا. أحسّ بأنّ سكرة الشّكّ بدأت تدغدغه، وتملأ عقله المجبول بالذّكر والتّضرّع، كان يجهل أنّه سيندحر كُلِّيَّةَ ويدخل متاهةً كبرى ويتهاوى كما تتهاوى الأوراق الذّابلة والميّتة بعد تورّقها، لقد صار في شقاقٍ وفي طريق اللّاعودة، يحتاج لمن يعتقه لكنّ الحياة لا تهبُ للنّفس ذلك في كلّ مرّة، الحياة تحتاج من الذّات أن تناضل من أجل ذاتها.

ردّ عليه من دون تورّع، كما لم يكن: «لم أفكّر يومًا في هذا، لقد زاوجت بين نقيضين ونقيض، اقتناع بمنأى عن المعرفة، وكلاهما يجتمعان مع التّقليد».

كان الآخر يتقن دور السّاحر الذي يتفنّن في التّمويه الذي لا تغيب عنه الحيل كأنّه مريض بما يُشبه الميطُومَانيَا، بعد أن ردّ بعجالة: «المحسوسات لا تظهر إلّا للكفيف، أعلم أنّك تؤمن بالمسلّمات من دون جموحٍ أو أن ترهق كيانك لتفسير ما يقرب من الحقائق لكونها منعدمة، إنّك تسمع من دون أن تُحلّل، وتسلّم من دون أن تعلم، إنّ الأشياء نسبيّة، والحقيقة كشمس ملتهبة كلّما اقتربنا منها أرسلت شظايا نيران أحرقت كلّ من حاول الاقتراب قدر اللزوم، أعلم أنّك حصيف في مناقشة ثنايا السّطور، وفي تحليل النّصوص وفي معرفة ذات الإنسان، لكنك تجهل مسلّمات الحياة».

بدأ قدّور بالانتقال إلى محاولة إبادة أفكار الشّاب وتقويضها بشكل نهائيٍّ. إنّ أصعب شيء في النّسبيات أن تنعتَ شخصًا بالجاهل فيها وهو مُخبرها،

وأن تجعل من الجهلِ علمًا وتُقنع به الآخرين، كما يفعلُ قدور تمامًا، بعد أن بدأ بما يشبه الاستدلال وليس الاستدلال نفسه في تشتيت معارف الفتى، لقد كان عبد القادر بائسًا بعدما انتقى له قدّور أفكارًا متداولة لكنّ خطورتها في سبل تقديمها، قدّور كان من الذين ينتهزون الفرص للنّيل من العقائد التي يُؤمن بها الأفراد عن قناعةٍ، وممّن يبحثون عن تهمٍ كيديّة وشبهاتٍ من فتات الأحاديث وتفسيراتها ليقيموا الدّليل بها في مناظراتهم، ومن نصوصٍ قابلة للاختلاف، نصوص تكتنفها ثغرات الاجتهاد، نصوص كثرت فيها الفتاوي، وغاب من يفنّدها أو يدحض زلل فهمها، وإرجاع الخاطئِ في تقديرها وتأويلها كأصحاب الفكر أمثال قدور، الذي لم يسأم هو وجماعته في تتبّع الثّغرات والعثرات، يقرؤون ويتتبّعون نظم التغليط كأهل الاستشراق الذين يضرّهم وجود الإسلام وريادته فيبغضونه للبقيّة. جماعة يقرؤون أحاديث البخاري سطرًا سطرًا، ويذودون بفجوات الفراغ كأنّهم يقيمون حجّة على علّة الدين، باحثين عن انتسابٍ يجعلهم استثناء، لكنّ العبقريّة ليست التّمرغ في الوحل، والتّفلسف ليس بأن نختار للنّاس مصائر تعود عليهم بالسّوء.

أفكار بإرادة قويّة شاء على إثرها قدور زعزعة كيان الشّاب الأصيل الذي بدأت قيم الأصالة فيه تتهاوى، عبد القادر يحلّل الأمور بسذاجة للمرّة الأولى، انطوى عليه ما انطوي عليه، ولم يجد مرفأ يرسوا عليه وينقله ممّا ينهش فؤاده من شكّ لا يخلّف سوى الارتياب.

تابع قدّور سياسة الاستدراج تلك نحو الشّك، عبأ الفتى قدر الإمكان ودمج له الافتراء ببعض الحقائق كي لا يظهرَ له شيء من الشَّرَك الذي زرَعه، كمن يقدّم لك فاكهة ويدسّ في جوفها سمومًا لا تبرأ. لقد أوغل في بثّ الوساوس التي كانت تبحث لنفسها عمّا في نفس يعقوب.

صعلكةٌ و...

لم تنتظر كثيرًا بعد اللّقاء، باحَتْ بعد أن أسرَّتْ، كأنها أخذت شيئًا من سلوك المغاربة، لم تقدر على كبحِ مشاعرها الفيّاضة، اعترفت كأنّها أزاحت حملًا ثقيلًا بعد الجهر. سقط كلاهما في مجارف العشق الآدميّ، العشق الأوّل الذي لا ينضب، فبعد بوح الرّجال تأتي اعترافات النّساء المتواترة.

تضاءلت اللّقاءات بينهما لكنّ التّواصل ظلّ مستمرّا، لم يفكّر سعد يومًا أنّه سيجد غنيمة من قبيل ما وجد، فأن تغنم هو أن تنعم بشيء قُدِّر لك وتنتشي بمتعته وبمدده، لقد حصد نعمة تجعل روحه غارقة في بذاخة المشاعر اللّينة الرّقيقة، سعد نعمَ وغنمَ بفتاة ألغت كلّ دلالات الانزواء بشروده الذي لا ينتهي، والانعزال الذي كان يعيشه في غرفته داخل الحيّ الجامعي. لقد ربح قلبًا قريبًا بعيدًا يجعل لحياته معنًى.

لم يلتقيا قطّ بعد لقاء مقهى «الترمينوس»، ولم يُكتب للصّبابة أن تُحدّ، فكلّما تضافرت دقائق البعد، كلّما شسع مدار الوحشة، هل كان أحدهما يحتاج إلى التّنازل عن أنفتِه فيطلب اللّقاء، أم أنهما وجدا عالمًا جديدًا في الرّسائل؟

كانت الفتاة تجلس في أحد أيامها وهي تقرأ نفسها بنفسها، لم تجد اهتمامًا بأوهام الحياة واقتربت أكثر من حقائقها، أرادت أن تكتشف تستفزّ فتاها أكثر، وتعرفه عن قربٍ أكثر فأكثر بضعف ما كانت كانت تعرفه، حملت هاتفها، هاتفتهُ على السّريع، وجدته جالسًا في إحدى ردهات الجامعة، فردّ بصوت خافت حنون رخوٍ يتسرّب إلينا كلّما نحدّث النّساء، لا نعلم إن كان

احترامًا أم تقديسًا، أنصتَتْ بنهم لنبره ولم تخبِرهُ سريعا بما في خلدهَا بالرّغم من مشاعر الارتياح التي تسلّل إليها، أجّلتْ قليلًا وأرادتْ أن تجدّد به الوصلَ لكنّه أغلق الخطّ بعجَالة من دون إنذار. لقد لمح شابًّا في عمره يتقدّم نحوه في ترنّح متواصلٍ كريحٍ يلاعب الموج دون أنْ نتنبّه لمساراته المتمايلة، استمرّت مشيتُ ذاك الفتى الذي يظهر أنّه مخمور في قلب الحرم ثمّ هوى إلى الأرض بسقطةٍ كأنّ ضربة غير مرئيّة عصفت به، إنّها ضربة الزّمان الغادر.

سارع سعد إلى مساعدته، بينما الجميع يسترق النّظر، بينهم من يرى في تصرّفه انفتاحًا تتحمّل الذّات أوزاره، وآخرون يرونه خيارًا شخصيًّا، وآخرون يعتبرونه وقاحة رمقوها في ترنّحاته التي يعرفون طبيعتها. أمّا سعد فقد انطلق للإعانة، لأنّه تربّى عليها، كسّر البروتوكولات، وجثم على الأرض، ووضع يده على قلبه، كان إسعافًا بدائيًّا لكنّه أفضل من التّحاشي، كان همّه الأوّل بحث مضنٍ عن النّبض، وقد وجده حيًّا ولا يزال يتنفّق هواء الأرض التي تجمعهما.

وضع يده على مشارف ظهره، ورفعه بمهلٍ كأنّه يرفع رضيعًا خوفًا من أن يضرّه بخشونته ويلحق الأذى بجسده المرهف وعظامه الفتيّة. رفعه ليجلسه ما يشبه القرفصاء بمهلٍ حثيث ليسرّح لاحقًا رجليه ويمدّدها ويفصل ساق الفتى عن فخذه، لم يكن يعلمُ سعد أنّ الأصحّ هو الجلوس الجانبيّ لاسترداد الأنفاس، أجلسه فبدأ يربّت على أسفل الوجنة، ويكرّر: «إي إي إي صديقي»، في محاولة ردّ يائسة للجاثم على الأرض، قبل أن ينفث رائحة كريهة نتنة كرائحة بركة ماء آسنة لم يعرف سعد طبيعتها، تحمّل سعد الرّيح الفجّ بقدر ما تحملّ الشّاب، وفطن بأنّه قد أمسى في حانة، أو كان في ليلة باذخة ماجنة، أو ربّما لعب بعقله متهوّر قد صادقه.

أعانه بعد هنيهة من إسعافاته بعض ممّن كانوا يسترقون النّظرات من مكانهم، وأقعدوه في مكانٍ يليق بالإنسان، حملهُ أصحاب الأنفة، بضع فتيات

دفعتهنّ غريزة أموميّة مدفونة في الأنثى، وفتى في السّنة الجامعيّة الأولى بما تفشيه تقاسيم وجهه الشّبابيّة المليئة بالفتوّة، مروءة كثرت فيها الإناث وتوارى أشباه الرّجال إلى الخلف، كأنّهم يحملون كيس رملٍ مكانَ قلبٍ تُقصَى وظيفته، فالإنسان يسعف العدوّ في عزّ الحروب. وضعوه برفقةِ سعد بجلسةٍ أفقيّة على كرسيّ خشبيّ أقرب إلى مكان الإغماء.

حدّث سعد نفسه: «هل هي مصادفة؟».

المكان نفسه تحقّق فيه اللّقاء الأوّل معها، في البداية كان هناك لقاء آخذ في المشاعر الرّقيقة، وفي النّهاية انكسار لما رأته العين، كؤوس مشينة تسيء لطالب وسط الحرم بجنون رغبةٍ وحمقات لا يقدم عليها حتى الصّبيان، مشهدٌ مؤلم استسقاه سعد وموغل في الأحاسيس المزعجة. استفهم كيف أنّه وجدَ فتاة في غاية الرّقة والبهاء يستقبلها كرسيّ خشبيّ وهي في غاية السموّ والجلال وحسن السّلوك، فتاة قد جاءت بكلّ تحضّر واحترمت الحرم رغم كلّ ما يُبَاحُ لها في ثقافتها، وأدركت أنّ الاختلاف شيء محمود، لكنّ الاحترام أسمى من أن نختلف فنُسِيء لبعض الأمكنة التي يستوجب أن تُحتَرَم ويُحترَم الحجّ إليها.

بعد أن انصرفت الشابّات وأخلين السّبيل، أدرك سعد أنّنا صرنا في عصر الأنوثة، هنّ تسُدنَ وتحكمنَ بقسطاس، وتتعاملن بفطنة وحكمة في زمانٍ قد هوت فيه أَسهم الذّكر وتذلّلت، في دهرٍ صرنا مع همّ نون النّسوة وانبطاح الذكّر، تساءل هل هي صروف الدّهر؟ أم أنّ الذّكر أمسى أنانيًا لا ينفكّ عن التفكير في ذاته؟ ترك الأسئلة وبدأ يتأمّل في الشابّ الذي سقط، لعلّه يسترجع قوى أضاعها بأفعالهِ.

غفا عبد القادر غفوة قصيرة بعد الحادث، ثمّ فتح عينيه كأنّه كان في حلمٍ قصير وتعطّلت ملكات عقله برهةً من الزّمن، وطبّع سلوكيّاته ما لا يتماشى

مع إنسانيّتِهِ، بعدما كان يرغي ويزبّد بكلامٍ غير مفهوم كأنّه كلام المجانين، لم يوقف رعاعه عدا تلك السقطة التي استدرجته إلى الأرض، استيقظ بعد سبات لم يطل أعاد له شيئًا من عقله الذي فقده للحظاتٍ، ووجد شابًّا أسمر يجالسه في رفقة عفويّة كأنّ ما يجمعهما أقرب إلى القرابة، بكلمات يلوّنها الأسى أكّد سعد له أنّه بخير بعدما كادَت السقطة أن تنهي أنفاسه في الأرض، سأله عن اسمه الذي يجهله، ليتذكّر الشّابّ من يكون بعض توانٍ خلخل فيها رأسه بمياهٍ كانت بجنب المجلس، وكانت تلك إحدى إشارات العودة إلى الرّشد، شُفي من الدّوار الذي ألمّ به وصار أقوى على المحادثة، بدأ سعد بالسّؤال: «هل صرت بخير يا رجل؟».

«ماذا وقع؟».

أجابه بلباقة، لم يشأ أن يقْدم على الإساءة إليه، ثمّ قال: «أعتقد أنّك كنت نشيطًا قليلا».

تجاوز الشّابّ السّاقط حدود اللّباقة، لم يسلم جوابه من الخسّة وكان فظّ الخطاب، لعلّ اللّحظة التي اختمر فيها وجد فيها ضالّته، بدأ يسترجع شيئًا من ماضيه القريب ويتغزّل به، وألمح بكلماتٍ مشتّتة أنّه زها بقدر ما كان يريد ولم يدفعه أحد كرها، وفي محاولة عاقلة للإجابة عن سؤال سعد وبكثير من السّذاجة أقرّ بأنّه حلّ في الحانة بعد غروب الشّمس، لم يستطع تفويت تلك اللّحظة بعدما اختلى بنفسه ووجد فجوة في حياته، هناك وجد موسيقى غربيّة صاخبة على إيقاعات رقصات «الفلامينكو»، وشيء من البوب والروك، وأغانٍ تراثيّة شعبيّة على امتداد السّاعات التي قضاها في الحانة.

انتظر هناك لساعات طوال، تتبّع تفاصيل الأمور، ورأى كيف تجمع الكراسي وتوضع أخرى تناسب الزّمان والمكان، لم يشأ أن تكون تجربته الأولى شائعةً بين الأعين المراقبة والعابرة، لقد دخل باكرًا كيلا يثير الأنظار،

ولئلا يشتبه به العابرون من جهة، ومن جهة أخرى كي لا يُصادر من طرف «الفيادرا»[1]، ما دام حديث العهْد على المكان؛ هكذا اغتنم فرصة الإبكار وولج كزبون يريد ارتشاف قهوة، أو شاي، لكنّه وجد نفسه لاحقًا برغبةٍ منه، أمام حانة ليليّة صاخبة، كعلبة سوداء تزيّنها الألوان المتلاشية هنا وهناك، لقد رأى تقلّبات المكان، فتقلّب معه.

أحسّ سعد بالخجل، بدأ يرى نظرات العابرين تقزّم ذاك الشّابّ، وتبخّس فعلته الفظّة، لم يشأ النّظر إلى عينيه، وتأسّى في قرارة نفسه من حال الشّابّ الذي يُعلن الأمر بجهرٍ بدون أن يخجل من نفسه ومن المقام، رمق فتى في عمرِ الزّهور يعلن العصيان على ذاته ويقتل في نفسه روح الشّباب. استنبطَ سعد أنّ الشابّ لن يتكيّف مع حياته الجديدة، فكيف له أن يتكيّف مع الورق، ويتناول الكلمات ويفتلها. رغم ذلك لم يجادله، ففي الوقت ذاته أحزنه أمره، وأشفق عليه، فعلى وجه الشابّ نقيضًا لما يحمله من قذارةٍ، وحياة قابلة لأن تطيب بعيدًا عمّا يتمرّغ فيه.

أمسك سعد بيد الشّاب، وصحبه إلى مكان سكنه، ضحّى بدريهماته، وأقلّه على نفقتهِ بين الحافلات ليصلَ به إلى عتبة المنزل التي لم ينسها لحسن حظّه، وهو يحملُ كدمات، وتبدو عليه علامات الإرهاق.

...

لم يكن الشّاب سوى عبد القادر الذي أوصله بعد مشاق، وقد لقي استحسان الأسرة من جميله. لقد افترى سعد كذبًا، أخبرهم أنّ حادثًا دار في الكلّيّة وهو ليس سوى ناقلٍ ومسعف أمين. صدّقه الجميع رغم أنّه

---

(1) جمع «فيدور» هو الحارس الأمنيّ اللّيليّ للحانة، بمواصفات خاصة، أغلبهم شبان مفتولو العضلات، وعيونهم تحمل نظرات حادّة تكسبهم هيبة وصرامة. يسهلُ التّعرّف عليهم بين البقيّة، ببذلاتهم الأنيقة الضيقة السّوداء، وسواعدهم المشدودة البارزة. (المؤلف)

لم يكن يجيد الكذب، لكنّ الكذب أهون من فتنة يمكن أن يقترفها بلسانه، والكذب مباحٌ في نظره وقت يمكن أن تنشب فيه الفتنة، ومباح إن كان يحجب الآفة والزّلل.

أخذ عبد القادر معلومات سعد قبل ذهابه، بدأ سعد يعرّي الواقعة في هوّة نفسه، ودنا ممّا يؤمن به، وهو ألّا عيب في أن يضلّ الإنسان طريقه، غير أنّ العيب في أن يضلّ في غياب أفق يستحيل فيه العدول عن طريق الضّلال. تساءل هل طفح كيلُ الشّابّ وهو في عمر الزّهرة، وهل اندحر من دون عودة؟

***

حاول أن يتناسى سريعًا ما حصل رفقة الشّابّ، أرسل رسالة نصّيّة لصديقته سارة يعتذرُ عمّا بدرَ منه، فقد تنبّه أخيرًا إلى أنّه قطع الخطّ في وجهها من دون مبرّراتٍ، لم تجب! تسرّب إليه الشّكّ إلى أنّها التقطت إشارة أساءتْ فهمها، حاول أنْ يهاتفها بالرّغم من أنّه لا يعرف طقوس المكان كثيرا، لكنّها لم تجب مجدّدًا! بدأتْ دواخله ترتابُ ولم يضع أمام نصب عينه احتمالاتٍ ممكنة جعلتها لا تُجيب عن برقيّاته، نسيَ أنّها يمكن أن تكون في مكانٍ لا تصلح فيه المكالمة ولا الحديث، بعد أن بدأت الأفكار السّوداء تتسلّل إلى كيانه فإذا به يلمح مكالمة قادمة من سارة، وجدها تنتظر تلميحًا منه بعد أن كانت في دورة المياه لشدّة توتّرها، فقد كاد أن ينال منها القلق من هولِ الارتياب الذي ينهشها، لكنّ الكبرياء منعها من الاستفسار بعد أن صدّ في وجهها الهاتف دون أن يبرّر الفعل إلّا لاحقا.

أصرّت عليه ألّا يبرح المكان أو يفارقه وألّا يضيف شيئًا أكثر ممّا دار بينهما، بعد أن التمست منه تحديد موقع وقوفه، فهي تدرك أنّه سيصدّها، ويطلب مهلةً ليصل للمكان الذي تريده، لذلك آثرت على نفسها الهجوم قبل أن يثنيها عن موقفها. ألحّت بشكلٍ قاطعٍ أن تقلّه، لا هو عرف كيف،

ولا من سيكون مرافقًا لها، وقد أخبرها في سياق المحادثة أنّه في أحد أحياء سلا، إحدى المدن المجاورة شرق الرّباط، في مدينة متآخية مع العاصمة، وما يفرّق بينهما لا يعدو أن يكون نهرا ممتدًّا غير منقطع. التقطت معلومات تخصّ المكان بتفصيل بعد أن سألته عن الشّارع أو الزّقاقِ، ولحسن حظّه أنّه كان في أحد أكبر الشّوارع في الحيّ ويسهلُ الوصول إليه. شاءت أن تباغته وأن تفعل ممكنًا وإن بدا لهُ مستحيلًا، فهي في نظره لمْ تعتد على مغادرة الأرجاء التي تسكنها، فقد انتبه إلى عبق أنوثتِها، وتربيتها الرقيقة وحياة الهناءة التي تنعم بها، ولم تعتد أن تتقاذفها الشّوارع المتشعّبة والأزقّة والمسالك التي لا تنتهي في سلا، فالبحث عنه في ذلك المكان كمحاولة غوصٍ من دون عدّة نجاة؛ لكنّها من جهتها آمنت بأنّ الحبّ تضحيات جسام تصل حدّ وهب الرّوح لتلك الأرواح الطّاهرة، وأنّ المواقف ديْن الحبّ ومددُه الأبديّ، فإن تلاشت التّضحيات والاهتمام فلا حاجة لوصل كاذبٍ، هي تعرفُ أنّ الحبّ هو الإيمان بقيم العرفانِ والإنصات والانعتاق الثّنائي من نوبات الزّمان، آمنت بأنّه المواقف في الأزمات لأنّها خير من كلمات مزيّفةٍ تدغدغ المشاعر.

رسمت طريقها إليه بتقنية «الجي بي أس»، مستقلّة سيّارة أبيها الفارهة، سيّارة بصفيحة صفراء اللّون، وعليها حروف، وبعض الأرقام المرقونة بعناية وتخالف ما تراه الأعين عادة. دخلت للحيّ كغريب تائهٍ يلاطفُ الخطى، لكي تسلم من نكسٍ أو هتكٍ، وقد رمقت للتوّ حيًّا شعبيًّا لم تسقط عليه عينها مرّة، شوارع مزدحمة، ومارّة أسفل الرّصيف، أمّا الجنبات فكانت تملؤها عربات مصمّمة حسب طلب ما يتعاطاه التّجّار، يتناهى عويلٌ وصراخٌ مترافع، في شارع أضيق من زقاقٍ بكثرة التّناسل والتّطاول عليه من طرف العابرين، وهي تقطع المسافة بدت عليها معاني الارتباك، وحلّ بها الوجلُ، فالأعين ترفعها بعبوس وتحطّها ظنًّا منهم أنّها من أبناء التّخمة، وأولئك الذين شرّدوا الأمم،

لم يعرفوا أنّها بنتُ دبلوماسيٍّ ييسّر العبور، ويقضي حوائج أهل بلده في غربتهم بصدقٍ بالغٍ.

تعجّب سعد كيف لفتاة أن تتجرّأ بشجاعة على التنقّل رغم ما يقع في المكان من اشتباكات ومناوشات يوميّة مطّردة، لقد سمعتْ منه أنّه لا يصحّ القدوم إلى المكان، فهي دخيلة على الحيّ، ولا تعلمُ خبايا الكلام وما يدور في فلك تلك الأمكنة الهامشية داخل المركز، إنّها أكثر الأماكن ارتباكًا وعبثيّة وفوضى، لكنّه لم يعلم بأنّها ستقود سيّارة بلوحة دبلوماسيّة كي لا تعلقَ بين العابرين، أو تلقى تهجّمًا محتملًا من حاقدين يسيؤون إليها لأنّهم لا يعلمون صفاء قلبها، ولا من تكون. أحسّ في الآن ذاته كأنّه إنسانٌ بعد مكابدتها، وأن قطرة ماءٍ انسدلت على صدره الجافّ بعد جزعٍ سابقٍ من عبوسها، لمحها كلمحِ إكسير يُؤْمَلُ أن يحيي بِركة هجرتها المياه إثر واقعة ذاك الشّابّ الذي حطّمته أهواؤه، ولا يعلم سعد أنّ الشّابّ قد حطّمته مقولة التّحرّر المزيّف وسموم قدّور.

ألهمته سارة فأنعم بوجودها واستأنس برفقتها، بدأ يتفرّسها في افتتانٍ وهي تقود تلك السيّارة قادمة إليه كأنّها معدنٌ من النّفائس النادرة، فالقلوب الدّافقة بالمشاعر النّبيلة الحقّة تتلاقى وتتكاتف، لمحها أخيرًا سالمة من شرّ المسار معافاة فاستغرب بقدر ما تعجّب المارّة والجالسون في الزوايا والبائعون على الأرصفة لوجود فتاة من ذاك المقامِ تتجشّم العناء لتقلّ شابًّا أقلّ ما يقال عنه إنَّه بسيط الهيئة والحال. حدّق سعد فيها وابتسم ولم يخب ظنّه في حجم رغبتها في الوصول، لكنّه لم يسقط إلى ذهنه أنّها ستأتي إليه في صبغة يسمع عنها فقط، جاءت الفتاة بهيئة للهيئة الدبلوماسيّة التي لا تحلّ في الأمكنة عادةً ولا تقربها، لكنّ الفتاة كسّرت المسلّمات من أجله، وأحسّته أمام المُرَاقبين أنّه ليس إنسانا، وأحسّ لدى نفسه أنه يحوز مكانة مهمّة في قاموسها..

بادلته النّظرة ونسيت ما اعترضها، ابتسمت وبادلها الابتسامة، فغادرا سويًّا في انبساط.

قدّمت له برنامج اليوم داخل السّيّارة بإذعانٍ دون أن يرفض، ولم يرفض من أصله بل قَبِل بالسّمع والطّاعة، تعاقدا على شرفة «الأوداية»[1] تلك القصبة المرابطيّة الشّامخة التي تربط على حافة البحر والنهر، ذاك المكان الذي شهد على أقدام المورسكيين، أرادت أن تعرّضه لنفحات البحر التي تكشف الخبايا من دون جبرٍ. توقّفا في رحاب الأطلال بعد أن استسلما للنّسيم المتموّج كأنّه يمسح على وجهيهما لهيب الأجواء ويلطّفها على ناصية قصبة لوداية، يقفان كما وقف من قبلهم حُماة الوطن بوقفة مناضلين في ثوب العشق. داخل تلك المدينة الصغيرة العريقة كلؤلؤة زرقاء متواجدة في مدينة كبيرة يموران بين ثنايا جدرانها الطّينيّة التي جاءت فيها تلك المدينة الإسمنتيّة التي تلبس البياض، اقتربا أكثر من الحافّة التي تطلّ على مدينة سلا، أمام نهرٍ عابر على اليمين وموجٍ متهدّر في بحرٍ على الشّمال، يجولان نظرهما في انتشاء ممزوج بسحر المكان، وقد لمحت سارة ما كانت العين تبوح به، عينان تائهتان تحملان بؤسًا عسيرًا، وإن كان المكان لا يسع ذاك البؤس الدّفين. كأنّها تتفرّسه، نطقت بصوت أقرب للهمس: «عزيزي. هل من خطبٍ؟».

«يؤسفني الوضع، مكان جميل يستحق حياة أجمل من التي نعيشها».

«أيّ مكان؟ وعن أيّ حقدٍ تتحدّث؟ لماذا تتشاءم في عزّ هذا الجمال إذن؟».

«هذا الجلال هو الذي يوقظ فينا مشاعر الخيبة التي تتّسع حالما أفكّر فينا وسلوكاتنا التي تصيبُني بالحمّى، أتعلمين أنّنا أفراد نحتاج إلى كثير من التنوير في عزّ الجهالة التي نغرق فيها ونرزح تحت ضلالتها، لا حاجة لنا أن نسمع

(1) قصبة لوداية هي قصبة تاريخية، وقلعة محصّنة شيّدت في زمن المرابطين، حاليًّا تعتبر حيًّا سكنيًّا في موقع سياحيّ في الرباط - المغرب، على الضّفّة الجنوبيّة لنهر أبي رقراق.

أنّ صغارًا تُستغلّ من طرف الشّباب والشّيب بطرق وحشيّة، لا حاجة لنا أن يمارس الغصبُ على النّساء وعلى طفولة ابتليت بجرح بليغ غائر لا يكاد يبرأ أو يجفّ. نعيش في غابة كبيرة تكثر في المفترسات والطرائد وفيرة، وما يكاد يقتلنا غصةً، ذاك الصّمت القاتل من أشباه المجتمعات المدنيّة، تختفي يوم الضّيق، وتظهر يوم يظهر الإعلام الفاسق، في منصّات التكريم الزائف».

صمت هنيهةً، وأخرج زفرة حادّة ويقول في كمونه: «سحقًا! لماذا أخوض في هذه الأشياء في هذا الوقت بالذّات؟ لماذا أتحامق في بعض الأحيان؟ ألست بسلوكاتي أكثر النّاس جنونًا؟».

ما كان عليه إلّا يتنهّد ثمّ تابع قسرًا: «من الجميل أن نعيش حياة نتآلف فيها».

«أتفهمك».

تأمّلها فيما يُشبه الحسرة، ثم استرسل: «أليس من العدل ألّا نتنفّس الهواء النّقيّ؟»

«بلى، من العدل».

«أليس من العدل أن يتوقّف البعض عن التّضييق بالبعض الآخر ونفث الهواء النّتن الذي يقضّ مضجع الأنفاس؟»

«من العدل أكيد».

«نحتاج يا سارة ألا يُسهم البعض بقدر كبيرٍ من سلوكاته في انحطاطتنا وتخلّفنا، نحتاج إلى التّوجيه عوض أن نتبع النّخاسة أينما حلّت، أتعلمين وأنا أتذكّر الفواجع التي لا تُعدّ نجد في عزّها أنّ البعض يظلّ منهمكًا في متابعة ما لا يُرصَد، ونشر الغباء والتّطبيل له، هناك من يكثر من هاته المزالق والتفاهات، لقد قاد مثل هؤلاء وطنًا عزيزًا إلى ضفاف الجهل والعدمِ، إنّهم يصدّرون فكرة سيّئة عن الوطن لا أحتملها، إنّهم يتيحون الفرصة للآخرين لتُعمّم علينا قصص الاستهزاء، من السّخافة أن نصنع

بأيدينا ما يستحقرنا ويستصغرنا لننعت بالبلادة وتُطبعُ به مستملحات التّهكّم. لا يُستحَبّ أن تزيغ الشّاشات الذّكيّة وتُورّط في نشْر الرّداءة لأنّها تقود النّشء صوب انزلاقات لا تنتهي، ما يؤرّقني يا سارة ألّا أحد يصدّ العبث أو يردّ كيدهُ».

«تفكّر في غيرك كثيرًا يا سعد».

«إنّها من عيوبي».

ينال ثقتها بشكلٍ متواتر، واستهوتها شخصيّته وصفاؤه الذي لا ينضب، ثم أجابت في ثوب ديبلوماسيّة تخبرُ ما يقع في الدّار: «هذه أمور نظاميّة يصعبُ أن تغيّر من شأنها شيئًا أو أن تجعلها مرنة كيفما تشاء، قلّة قليلة يفكّرون بمنطقكَ، لكنّ الغالبيّة تنتشي بتلك الأشياء وتروقها فهي تراها ملاذًا يعبئ فراغهم ويقتل رتابة الوقت بالرّغم من أنه يجرّدهم من الإنسانيّة، نعم هم يحملون شيئًا من العتاب، لكنّ العيب ليس فيهم ولا في الزّمان بل العيب في الإنسان ذاته».

«لا أخالفك الرّأي، نحن شعبٌ نهوى الممنوع كثيرًا لأنّه مرغوب، نهوى الممنوع لأنّنا لم نتعلّم بعد كيف نسوق الحياة ونكيلُها بالوزن الذي يلائمها، لم نتعلّم بعدُ سُبل الاتّزان والائتلاف بين الجدّ والهزل، فنحن نكيل بمكيالين لجهة دونَ أخرى، صدّقتك وأنت تحيلين على الإنسان، الإنسان هو من يسود ويحكم. نحنُ الذين تجرّدنا من القيمِ بفعلتهم، بفعلة مسؤولينا، فهم في إجازة دائمة لا تنقطع. مسؤولونا هم أولئك الذين يتواجدون في الحفلات الرّسميّة، ويأكلون بأرستقراطية، ويتمشّون ببروتوكولات فارغة، ويخطبون في مهرجاناتهم الخطابيّة الاقتراعيّة بكلّ طوباوية، وكلّ ذلك بتقليدٍ لا شيء منه حاصل، والحقيقة المريرة أنّهم في سبات عميق، وفي إجازة مفتوحة لا تنتهي، يسبحون ويهيمون ويقولون ما لا يفعلون، إنّهم يُلبسون

الحقّ بالباطل، والباطلَ بالحقّ، ويفترون على الحيّ، لا يتوقفون على تحريف الحقائق وتدليسها، يزورون الخطابات، وفي أيّ زمان ومكان».

«لكن، لا تنسَ يا عزيزي، أنتم من تختارون».

«نختار من دون دراية ولا علم، نتّبع البرامج، لكنّها لا تخلو أن تكون مدادًا جافًّا على ورقٍ، نحتاج إلى الاهتمام أكثر بالفقير الذي ليس في الحسبان، ولا حاله أو وضعه يهمّان أو يثيران الاهتمام. يتنصّلون من رعيّتهم، ويظهرون مثاليّتهم، ونحيبهم في الجلاء، ويضمرون خسّة، واستصغارًا للأهالي».

«بلدنا جميلٌ كما ينذر عادةً، فلم هذا الكرهُ القاسي؟».

«المغربُ؟ لا أقصد به الثرى لأنّه جنّة. إنّه ليس كما يَتراءى لك أو يُسمع، فنحن نحسّ بغربة خانقة قاتلة هي التي أبوح بها الآن وأتطهّر منها، إنّ غربة الوطن أشدّ وأفتك. أمّا في سؤال المقت، أقول: كيف لك أن تحبّي وطنًا يقزّمكِ ولا يحتملُ وجودك؟ يوم نقطع مع سياسة العزف والناي نكاية بالعبث، يوم ننتقل لبناء وخلق إنسان يليق بجمال هاته الأرض المباركة».

بدأ يحملق عيونه في الأفق، ثم استطرد فيما يشبه الأسى: «إنّني أنزف يا عزيزتي في هذا الخراب المضمر المبطّن، لا نحن منفتحون ولا منغلقون ولا متوسّطون، نعاني المحو والإبادة، بتوليفة من الخطايا المشتركة، لا ثقافة لنا ولا هويّة تُشكّلنا، لا هكذا تركنا الآباء والأجداد، ولا نعلم من نحن من كلّ هذا، ومن نكون! حدّثيني عن وطنكِ، أريد نسيان آلامي وفواجعي، حدّثيني لعلّك تخفّفين شيئًا من هذا العبء الثّقيل».

أراد أن يشفي غليله وأن يستكين قليلًا، يريد أن يرأف به أحدٌ، أراد شيئًا آخر يريح سمعه. وفي ذاك الغروب الساحر، تلافت أن تفشي الفوارق والبون الشّاسع بينهما، بيد أنّه أصرّ على الإفشاء.

شرعت تحدّثه، عن «الإنجليز» قائلة باقتضاب بليغٍ: «هم عكس ما نطقت به توًّا».

لم يقتنع بالجواب، فقال: «كلّ ما لم تسمعه الأذن من مصدره فهو خاطئ وملتبس».

ابتسمت في دهشة لإصرار سعد. تراهُ شخصيّة متمرّسة على العزم، لا يزال يعقد أمل البوح، ويكشف خفايا ما يستتر؛ فاسترسلت: «البريطانيّون يعيشون حياة منفتحة، لا يرهبهم شيء لا في الشوارع ولا في الأزقّة، لا أعراض تُهتك، ولا تحرّش يُشهر، إنّ الصّرامة والضرب بيد من فولاذٍ هو السّائد، لا مرتع للاستخفاف بيننا، أو محاولة للانتقاص من بعضنا. المواطن أسمى وأجلّ، ومنزلته شيء مقدّس -جالت بعينها إلى السّماء- هناك يتربّى الإنسان على احترام الآخر، لأنّ ما يوحّدنا واحد، نتعايش كواحدٍ في جماعة، ولا تتولّد لدينا عقد النّقصِ. يُنهل النّبل والحكمة من مقرّرات التّمدرس ويعزّزه الإعلام. المعرفة نمط حياةٍ، والمدارك بها نحيا. الجهل ضئيل وخافت، الكلّ يشتغل في كدّ، لا وقت للفراغ، ولا شبح للبطالة. الجميع يدفعون عجلة التّنمية من دون كَلالةٍ، من أجل التّقدّم ومقارعة كلّ منهم في الصّفوة. هناك احترام للقوانين والسّنن، ولا نقيم برزخًا بين مسؤول كبير أو مواطن صغير، وللمواثيق فيصلٌ في كلّ الأشياء. لا سبيل هناك للفوضى والعبث، لأنّك لن تعتزم، فالأمور محسوبة بدقّة متناهية، ولا يُترك شيء للمصادفة؛ الأموال لا تهدرُ ببشاعةٍ والكلّ قابل للمحاسبة. هناك تتنفّس الحياة وتحسّ بأنّك إنسان، نعتزّ بالثّقافة ونقدّر الكتاب، نشجب كلّ شيء ذميم، ونلامس أوراق التآليف في أوقات الاستجمام، فنحن لا نجعل الحياة لهوًا ولعبًا، فكلّ الأشياء بمقدار».

زاد بينهما شجن الكلام، وأبرزا ملكاتهما في تصوير واقعِهما باللّفظ. لكن سعدًا كان على علم بأنّ سارة تكتم شيئًا، وتطمر معارف مشاعة عن

واقع العرب، وتلك النّظرة السوداويّة من الغرب لأهل الإسلام، رغم كونها مختلفة أُفقٍ وفكرٍ. لكن المشاع بينهما حقيقة بادية مصدّقة. ناورها بسؤال يُفشي غبار العتمة، عمّا يروج ويتقلقل عن واقع العرب. تنهدت الفتاة، وناخت رأسها. لم تكن تريد تعكير صفوه؛ وكما عادته المغربيّة بدا الولد مصرًّا على سماع تلك الأقاويل وإن كان يدركها. لأنّه على وعيٍ بأنّنا لا نرى ذواتنا بقدر ما يراها الآخرون، لأنّهم المرآة ونحن الجسم، وكلّما اجتهدنا في وصف الذّوات جثمنا، وعمّنا الفشل الذريع.

باشرت الكلام، واستبانت حاشية العرب التي تملؤها الإساءة كموقف منهم، أو كما يُخيّل إليهم، أو كما يحبّون أن يروهم؛ ألمحت له أن أخطر الأمور حينما ترفض الآخر وأنت تتحجّجُ بدعوى الدّين. لكنّ الخوف كلّ الخوف من الجهل، الذي يلدُ التّطرّف، ويسحق الإنسان كذباب تدوسه الأقدام. أن تحقد على الآخر حقدًا دفينًا كالجمل وإن لم تكن غاشمًا. أن تنبذ بحجّة الاختلافِ البَاطلة، فتبالغ ما استطعت في النبذِ، وأن تجهل أنّ الإنسان خُلق مختلفًا، ويحقّ له العيش كذلك ويطيبُ، يختلف معك في الهيئة والوقوف والانحناء والطّبع، كالتوأم الجنيني الذي يُحبلُ به في رحمٍ واحدٍ، بمأكل ومشرب في ذات السّرّة، ووحدة فيما يصلهُ، فيصيرُ ذاك التوأمُ عُرضة للاختلاف يومَ يطأُ الأرض، في قناعاته وميوله وأحكامه وهواجسه، ككلّ كائنٍ حيٍّ يتنفّسُ هواء الأرض.

أشاحت إلى ما تسمّيهم المتطرّفين المرهبين، أولئك المُرهبين الرّافضين للاختلاف، بدعوى الدّين الذي يُقَوِّلُونَه ما لم يقُلْه، ويجعلونه ذريعة غاشية لإزهاق أرواحٍ بريئة، بالسّفك أو بدحرٍ مسبُوغ بلئام أعوج، يعجُّ بالاضطهاد وبلبلةِ الأرضِ، وبتنكيل روحٍ ذنبها أنّها اختلفت. أبانت له أنّ ما يرهبُ الأمم هو الجهالة.

جاءت في خلد سعد مقولة شعبيّة متداولة «إذا وقعت البقرة اجتمعت من حولها السّكاكين». ولا ضير أنّها إن هانت أقلّية من قومٍ، عمّت على ما بقيَ منهم، ذاك حال العربِ، وحال النّظرة الدّونية إليهم، ذاك ما يصف واقعهم، الذي تُعمّم عليه أفعال لم يقترفوها. ردّد على مسمعها «حُوتَة وْحْدَة تْخْنّزْ الشْوَارِي»[1] لكنّها لم تستوعبها.

رام أن يوضح ما كان يخالجه، رغب أن يبيّن لها أنّ الدّين الحنيف السّمح لم يكن يومًا مانعًا في مدّ الجسور، والتّعايش بين مناهل متباينة كمروج إكليلٍ. مستأنسًا كما لا يخفى عليها بمغربِ الملل والنّحل، كقرية صغيرة في عالم كبير، كوطنٍ تتلاحق فيه الطّوائف ويسوده السّلام في ودادٍ دؤوبٍ، لكنّه لم يجهر بما كان يصبو إليه، ويدنو لأجله. فقطرات طلٍّ مطريّ أقامهما من مكانهما، فتحسّر، كونه تاق إلى أن يرسم صورة للإسلام وسننه، ويقارن بين أقلّيّة مريبة وأكثريّة سالمة، أراد في قرارة نفسه أن يستميلها إليه، أراد أن يقرّبها ويزيد من محو الإبهامِ الذي طال واقع الإسلامِ، أراد أن يرسم صورة له ولدينِه لكي يستدرجها، وتحنّ أكثر ممّا حنّت. شاء ردّها لمضماره ليصنعا زوجًا كعبرةٍ لأجيال مقبلة على الاختلاف، زوجًا يسرّ الأبصار، ويقض مضاجع المتطرّفين. لكن ذلك لم يحدث، إذ أمطرت السماء فجأة. ذاك المطر الجميل، بقدر ما أسعده، بقدر ما كسّر الشّجن.

فضّيا الجَلسة، وغادرا قافزين يستمتعان باللّحظة في شبه هروبٍ من التبلّل، يراقصان إيقاع المطر بغبطةٍ جذلى، وهو في أُهبة المغادرة رفقة سارة، لا يتوارى في استنشاق نسيم العطر الفرنسي الذي تنثره على قافيتها، والذي لا يحمل اسمًا بقدر ما يحمل رقمًا وحدها تعرف سرّ تفاصيله، فيتقفّاهُ يوم يحصلُ تلف محتمل.

---

(1) سمكة فاسدة تُفسد البقيّة.

مقام ومقالان

تفطّن إلى أنّها قد استكانت في حيّز في وعيه ولاوعيه، غرقٌ آخذ في العمق والاتساع تقلّ فيه فرص النّجاة من دون سارة، ففي غيابها يحسّ بفراغٍ مهولٍ ويحمل على عاتقه خيبات ذلك الفراغ القاسي، برزمةٍ من الصّبابة التي لا تغادره، فكلّما تقرّب إلى حدودها كلّما سلبت كيانه، وكلّما تجدّد اللّقاء تجدّدت معه آلام الفقْدِ.

بقدر ما يحمل اللّيل أحلامه كقفير النّحل وعسله لسعد، بقدر ما يلسعهُ نحل النّهار بعد الغفو في غيابها، تأهّب بعد ذلك الانتشال الصباحيّ لشروده اللّيليّ وأحلامه الحمراء لأنْ يجسر المسافة من موضع منامه إلى الجامعة، حمل عذاباته وانفع صوب الحرم، حلّ بمقصف العاطلين أولًا والباحثين عن موطئ قدم في عالم موحَلٍ تعلق الأرجل به، توقّف في شرود وهو يعيد يعيد قراءة فنجان القهوة الصباحيّ بين يديه، دسّ يده في محفظته ليرفع رواية «السّجينة» بعد قطيعةٍ لم تكن طويلة مع الكتاب، شرع في يتصفحها وهو لا يُعرف سبب اختياره بالذّات، لعلّه أراد الاطلاع على سيول التّاريخ المغربيّ ومقتطفاته، واستشفاف بعض أحداثه ومواقفه التي وشمتها الرّيشة والمحبرة، وجعلتها في أيادي التّداول وتمثيل أحداث 73، لعلّه أراد أن يطّلع على بعض شظايا سنوات الجمر والرّصاص، وأن يتعرّف على حاضره بماضيه، واستعادة ذاك الزمان الغابر الممحوّ بحذافيره في كتب التّاريخ الزّائف. من يدري؟ لأنّه آمن في النّهاية بالقراءة لكي يتمرّس على رداءة الكتابة من جودتها.

لقد صار سعد مفتونًا بالرّواية بوقتٍ قريبٍ، لم يشأ أن يعود لرتابة الأحكام التي يحفظها التّسجيل التاريخي الممزّق بالافتراء والمزوّر للحقائق، الآن صار يتقلّد بالأدبيّين، ويهتمّ بالكلام المعسول البليغ الذي ييسّر له التّواصل مع سارة، وأمور اللّغة المتخيّلة الغارقة في رسم العوالمِ، وبقضايا الانعكاسِ ونظريّة الخلقِ. وهو يتصفّح الصّفحات الأولى للسّجينة، استهلّها بحياة البذخ والتّرف، والحياة العليلة المتخمة بالأبّهة، والفطور الرومانسيّ على أنغام الموسيقى الصّامتة، بعد أن أثقلتهم كلمات لا يحتاجون لتذوّقها أكثر من تذوّق الفطائر المملّحة والمعسّلة وأشكال المشروبات التي تزيّن الطّاولة، استهلّها بأولئك الذين يتعالون عن الوقائع المتشائمة، ويتعايشون مع ملاعق الذّهب، وحياة القصور والخدم، فالحياة تهبك في فترةٍ ويمكن أن تسفل بك خلسةً إلى مراتب دنيا في الهرم الاجتماعيّ، لأنّ فلسفة الحياة القاسية تعشق المباغتة.

البدايات السّعيدة لا تبعث على التفاؤل في كلّ مرة نصادفها، فهي تكسّر الأفئدة بالرغم من صابتها وتعدم الأحاسيس. الإنسانُ لا يعلم أنّ السّعادة استهلالٌ للتّعاسة بل فاتحتها، لا يعلم أنّ السّعادة بمروجها وجنانها يقتلها الخريف ولفحات حَميمٍ لهيبٍ، خرج سعد من جوّ ذاك العالم الآسر سريعًا، من عالم الرّواية التي انخرط في استطلاع أحداثها بلهفةٍ وأخذت منه وقتًا بعد أن ألهمته وتنازل عن حصّته، خرج منها حين لمح ذلك الشّابّ يعدّ خطاه فجأة بمعيّة رفيقٍ يجهله، يدندنان من بعيد. كان عبد القادر بمعيّة رفيقه قدّور، الذي تعهّد أن يبيد خياله كاملا، ويعيد إنتاجه بما يجعله راضيًا على هوسه المرضيّ في انحلال الآخرين، بتعديل سلوك الإنسان ليصير الشّخص الذي يريد، أو الذي سيكونه لاحقًا.

تقدّما وهما يتأهّبان للجلوس كعادتهما، لوّح سعد لعبد القادر وناداه، تفرّسه عبد القادر من بعيد واستجابَ سريعًا بعد أن تذكّر عرفانه، عانقه بحرارةٍ

كأنّه يشكر له صنيع ذاك اليوم، أمّا قدّور فقد كان تفاعله باردًا كأنّ إنسانيّته تلاشتْ ولم يبق منها إلّا الرّخيص، ووجّه نظراتٍ حادّة كرأس سهمٍ يستهدف الفتى الجنوبيّ، وفي مقلتيه شيء من المقتِ للفتى كأنّهما اختلفا قبل اللّقاء يوم خُلقت أرواحهما، قدّور أحسّ بنوعٍ من الضّجر في البداية، فتقاسيم سعد لم تكن هشّة، كان يظهر شامخًا لا تحرّكه رياح الهوى بقدر ما تسقِطُه رياح الحب والإيمان بالحياة التي تخلو من خرابِ النّفوس.

صار عبد القادر بين صوتيْن، أو بالأحرى بينَ من يحملُ النّار الّتي تلتهمُ اللّين والأخضر، وبين ماء تنعش الظمآن واليابس من البساتين، تبادلوا التّحايا وقد أراد عبد القادر في أعماقه تجديد الامتنان جهرًا، لكنّ الخجل قد ألمّ به قليلًا في ظلّ ما قاساه حيال تلك الحالة البَاعثة على الشّفقة، بعد تلك اللّيلة التي قضاها في الحانة وأنهى صباحها في قلب الحرب، وأحجم عن ذلك أيضًا بوزر وجود قدّور سبب ابتلائه الذي خشي بأن يخالهُ غير مؤمنٍ بذاته وبأفكاره، فهو يردعُ حماسه وينكص عنه اللّباقة كصدعٍ يزجر الحركة ويزعجها ما دام الآمرَ على الانحلال والتّحرّر ومانح المقاصد.

لم تخف على سعد ملامح قدّور التي تحمل تعاويذ الشّر، أيقن أنّه من روّع تفكير عبد القادر بسرعة بديهته، وسبب الغرق في بحار الغواية الدنيئة واللّعينة التي يتخبّط فيها دون أملٍ في الانعتاق، وبدافع الفضول طرح سعد مسألة التّحرر للنّقاش مع الشابّين، فتصبّب عبد القادر عرقًا باردًا، فهو لم يتشبّع قدر الإمكان للإجابة، لكنّه عرف أنّ رفيقه الذي علّمه السّحر، ويجيد المكر، ويلاعب الحرف، سيشترك في المساجلة، مع ذلك قال: «الحياة فاتنة، تجبرك على تقبّل أحكامها».

استطرد قدّور: «الحياة حبلى بالاجتهاد، ولكلّ مجتهدٍ نصيب من الملذّات».

سأل سعد: «على أيّ ملذّات تتحدّث؟ لم أستوعب قولك كثيرًا».

ردّ قدّور: «الإنسان يولد متحرّرًا، وامتداد التّحرّر يكسر العقال لينفلت منه، ويجعلك مندفعًا دون توقّف أو إحكام الرّغبة، إنّ الاجتهاد هو الذود عن كلّ ما تطلبه الرّغبة، بعد أن ينتهي العقل ليقينيّتها، الرّغبة ملاذ المتعة»

نجح سعد في استفزاز قدّور ودفعه لينفث سمّه كأفعى مروّضَة، وحسب أنّ كلامه مُنهل من سفْسَطَةٍ لا تسمنُ ولا تغني، وقد أدرك في اللّحظة أنّ الشّابّ الذي يجلس قربه ممّن يرعبون الشعور، ويختلقون ما يشاؤون فقط ليكونوا متميّزين ولو في السّلبِ، يشهرون الاختلاف الأعوج بجرأة ظاهرة، ويؤمنون كثيرًا بأنّهم يملكون الحقائق وفي أعماقهم يدركون أنّهم لا يمتلكون شيئًا اللّهمّ الدّفع بسمهّم وتحيّن الفرص للإخلال بالسّلوك.

استمرّت فلسفة السّجال، ولم يأبه سعد بمجادلته، فلم يكن يستوعب أقواله بقصدٍ واعٍ، لم يكن يهتمّ إلا لأمر عبد القادر الذي رأى فيه ضحيّة أما جلادٍ يسلخ المشاعر ويسيء إلى طبيعة الإنسان.

في فاصلِ الصّمت ذاك، غيّر سعد الحديث سريعًا إلى الحديث عن الأبحاث وأهلِ العلوم والدّراسات، وبعد هنيهة، همَّ بالمغادرة بعد أن استأذنهم وأخذ رقم عبد القادر، فلم يرقهُ المجلس كثيرًا، ولم يشأ قطّ أنْ يتقاسم المكان مع أحد العدميّين العابثين بالزّمان وأهله، فرَّ خوفًا من أن يوصف بذات القدحِ، فحملَ رزنامتَهُ وهمّ بالمغادرة، غمز عبد القادر بغمزة خالها لتجدّد اللّقاء، لكنّ نيّتها إقناعهُ العدولَ عما هو فيه، ومرافقة أمثال قدّور.

***

بدأ سعد يبحث عن تفاصيل ذلك الاستيهام وحيثيّاته التي أدخل فيها ذاك الشّقيّ شابًّا بريئًا في وطنٍ يحتاج إلى شبابه، شرع في تخميناته التي لا تغادر فتات ذلك التّمزّق الأخلاقي اللّامنتهي التي كان عبد القادر أحد ضحاياه. لقد رأى أنّ هاته السلوكات الهوجاء سحقت بنصيبها شيئًا من كرامة الوطن،

وأنّ الأوغاد يمرّغون هاته الأرض باستبدادهم وعجرفتهم التي لا تنفكّ عن الحذلقة القبيحة، وهم الذين يَصنَعُون الرّداءة ويدفعُون الشّباب لسوء القرار. غاظه هؤلاء الذين يُحاربون الوعي من معقل الوعي، وقاده تناسل الأفكار لاستحضار واقع الهامش الذي سقط إلى وجدانه في ظلّ تعاظم الهمّ الذي يأكلهُ، هامش آخر في مرآة عبد القادر، كظلّه وخياله وهمه تمامًا، يُنسفان بالخديعة نفسها، وإن تباين شكلُهما.

استحضر الهامش الذي يقتله التّلف، وتندثر فيه المشاعر الدّاعية لحب الوطن، لكنّه هامش يقاومُ هذا الانجراف، كما لم يفعل عبد القادر، هامش يقاوم تصحّر المواقف بالحبّ نفسه، ذاك الحبّ شيء أبلغ من أن يُفسَّر، إنّه الرّوح نفسها التي تُنفخُ فيهم من حيث لا يعلمون، إنّه الإيمان الجامح في التعلّق الذي تنثره التّربة الجافة في طبعها المحتوية لحماقاتهِم.

بدأ ينظر إلى الواقع الذي يأزّمه، ذلك الذي ما فتئ يبحثُ فيه عن طوباوية المدينة الفاضلة، غير أنّه يتلوّث بمثل الشابّ الذي سلب عقل عبد القادر، واستحضر في الآن ذاته واقع بعض الشحّاذين والحاذقين في استجداء الوطنِ، أولئك المتغطرسون والمحتالون الذي يُتقِنُون دور البراءة والحاجة في اقتناص ما لا يستحقّونه، تؤزمه أفعال خرّيجي المدرسة السّوقية العليا للاحتيال والماهرين في الانتحال واختلاق كلّ شيء يجسُر طريقهم صوب مآرب وهم أقلّ النّاس استحقاق، استحضر رعونة التّوظيف، بعد أن صارت أداة للإلهاء والتّفقير بقدر ما تغتني في اليومِ الذي تتقدّم فيه القاطرة من دون أن تجازي الكسالى والمتقاعسين عن الدّفعِ بهذا الثقل إلى الأمام. استحضر في قراراته هموم الوطن التي تلازمه، يوم يقف المسؤولون على خشبات الرّقص لكي يكرِّموا الرّداءة عينها في وطنٍ أحوج لمن يمسك بيده ليعبر به طريق الشّوك والمطبّات. استحضر في خلده عبد القادر مجدّدًا والذي فتح

به هواجس الذّات التي لا تفارقه، استحضر الشابّ الذي انفصل عن عالم احتواه من الحروب الأهلية وجبروت الوثنيّة، رأى خيرة الفِتية يقفُ على ناصية الانحدار أو بدأ في تحريك عجلته ويدحرجها بسجيّته دون أن يعلم بأنّها تستدرجه نحو الهاوية.

بعد يومين من مصادفة اللّقاء الجامعيّ، أراد أن يطمئنّ على عبد القادر، رأى أنّ تغيير نزرٍ يسير ضرورة يمكن أن تُخفّف من الأنين الذي يراودهُ، أو يخلّف التغيير ربحًا يسيرًا لمن استهلّ الانحراف عن الطّريق، وقطرة الأمل سيتعلّق بها بشكل حثيث، لأنّ الأمل هو الذي يصنع الفارق دائمًا أمام قضايا متحجرة واختراق الحجر لا يتمّ إلّا بالأمل، والقطرة هي التي تجيز تشقّق ما يستحيل عن التّشقّق، القطرة لا يمكن إلّا أن تصنع نهرًا ولا يمكن إلّا أن تكون نفعًا إن لم تحيي فهي لن تقتل.

وجد أنّ الاطمئنان ليس صورة جسدية سالمةً فقط، بل هو أن تحسّ من دون جهرٍ، بسلامة عقل الآخر وصفاء سريرته، وكآبته ويأسه. حمل هاتفه وطلبه، ودعاه إلى زيارته، فلبّى عبد القادر الدعوة. التقيا على عتبة الباب الرسميّ للحيّ الجامعيّ، أومأ إليه سعد بالولوج، ثم تقدّما صوب الغرفة التي يسكنها سعد، غرفة أشبه بزنزانة فرديّة لكنّها الملاذ وما يحفظ وجوده، غرفة توجد في الطّابق الأخير من العمارة الّتي يعمرها، والصعود إليها يجعلك تشهق وتزْفر باسترسال قبل استرجاع الأنفاس كأنّك أمام درجِ سور الصّين.

وضع له كرسيًّا مصطنعًا استدعته الحاجة، من صندوق بلاستيكي يُستعمَل في تصدير الفاكهة عادةً، لكنّه يصلح للجلوس أيضًا في مهامه الهامشيّة، أمّا سعد، فجلس القرفصاء على حصيرٍ بالٍ، ليحتفي بالشّاي الجنوبيّ الذي يؤنس المجلس، احتفى بالكأس كأنّه خمرة الجاهليّة. لقد راوده حنين قديم لثقافة تقليبه، والتي ستتيح له أطول وقت ممكن للمحادثة، سيجعل عبد القادر

أمام رحمة الكأس الّتي لا ينفكّ شارِبُها في انتظار تخثّرها، فَتتماسك، لتظهر رذاذها، كأنّها برد الجبلِ على القمم، أو عمامة بيضاء كالتي يُخلفها النّبيذ.

تنصّل عبد القادر من الصّندوق الخشبي ليُشارك سعدًا في قرفصائه، جابا الحديث طولًا وعرَضا، تقهقرا بالفاكهة والمستملحة، استحضرا طرائف اللّيالي، وكان ذاك مدخلًا لمعاينة عبد القادر عن قُرب، تنحنح سعد بعد أن استطالا سويًّا في البَسْطِ، وقال: «ما سرّ حالك تلك اللّيلة وتظهر أنكّ شابّ صالح؟».

فجأة تغيّرت درجة الحوار من هزلٍ لجدٍّ، انمحت ملامح الانبساطِ مقارنة بما كانت عليه، ودلف عبد القادر إلى سردِ ما وراء الواقعة، واستحضر يد قدّور فيها. واستطرد سعد: «لماذا تريد حشرجة أنفاسك، وأنت غنيّ بالحياة؟».

أجاب الشّاب الذي وهب نفسه للتّيه دون أن يعلم ذلك: «تعلّمتُ منه أنّ الحياة تحتاج للرّغبة».

«من؟».

«قدّور، ذاك الفتى الذي رأيتني معه ذات مرّة».

«وبما أخبرك أيضا؟».

«وأنّها تحتاج للّذة».

«وهل كان يُلزمك كلامهُ؟»

«ليس كلامه فقط، لقد استشعر أنّ حياتنا تُشبه العيش في خروم الجبال، وكان بالأحرى أن نبحث عن التّغيير، أن نسير طولًا وعرضًا في الأرض من دون قيود، ولا نكتفي بثقبٍ في منفى».

«كيف ذلك، لم أستوعب قصدك؟».

«ما سمعناه وتلقّفناه في صغرنا لم نجده في كبرنا، بدأنا نعاين نشازًا في التّصرف الذي يزدوج فيه القول، شيء يُقالُ ويُطبّق نقيضه، كحال من يُلبِس

الباطل بالحقّ ويتقلّد صفات الصّفاء والنّقاء. لا أثق في أولئك الذين يسهرون على الإشعار بالعيد، وتجدهم أوّل من يجلسُ في الحانات بعد تصدير الخبر، صرتُ مشدودًا إلى الشّك، لقد عمّ الاستخفاف والبلاء وانتشرت الخلاعة بشكل لا يُطاق، لا أنبذ الآخر بقدر ما أحبّه حبًّا أعمى، لكنّني أحبّ الذّوات أكثر، كما أحبّ الخبز على الورد، أحبّ الذّوات أن تكون على ما هي عليه، دون نفاقٍ».

«لكن ما علاقة هذا بذاك، أن تكون غيورًا لا يعني أن تدفع بذاك إلى مطبّات لا تنتهي!».

«أتعلم أنّنا أصبحنا ميّالين للغرب، لا ينقصنا سوى الإيمان بما يصنعون، أحسّ أنّني أعيش غربيًّا في كياني».

«قبل لقائك بقدّور أم بعد ذلك».

تبسّم في ابتسامة يخجل منها، ثم استرسل: «بعد لقائي بقدّور، خيّلَ لي من كلامه أنّني أحتاج لإعادة الاختيار لعلّني أفلح في هجرِ هواجسي قليلًا، هو من رسم لي هذه الخطوط العريضة. لكنّني أخاف أن يكون مدى استعادة الماضي طويلًا، وألا أوفّق في اختيار الطّريق».

«أنت نرجسيّ الطّبع والهوى، لكنني لن أجحد مواقفك، نحبّ الوطن طبعًا وحبّ الوطن إيمانٌ، كلّنا من آدم فلا يمكن للإنسان أن يتجاوز الإنسان، لكنّ ما يقضّ مضجعي في أخبارك أنّك ضحيّة من ضحايا أولئك الذين يتقنون إبادة الأفكار وطمسها. إذا كانت الرّغبة هي من تتحكّم فيك، فأنت أوّل الذين سيهلكون إنسانيّتهم، لأنّ الرّغبة ساحرة إنْ سلكتَ فيها ما لا يتناسب مع قراراتك، الرّغبة هي الشيء الوحيد الذي يصعُب على الإنسان صدّها إلّا بما ملكت الأيمان، إذا كانت للرّغبة الفيصل فيما تصنع فسيصير شرهك في المعاداةِ متغوّلًا. لو تدبّرت الدّين ما انكسرت! لكن عيبك هو الرّياء، عيبك

أنّك تربط قناعاتك بالنّاس. يهمك الوطن، ويهمّك أن تظهر لقدّور أنك سويّ لكنك غير ذلك مع الذي تبجّحت بأنهم سبب فيما تفعل، هل تعتقد بأنّك تضحي في سبيل هؤلاء؟».

بدأ يحملق عينه فيما يحوم به دون أن يُقدم على الرّد، فاسترسل سعد: «أبدًا لا، أنت تعلم أنّ العالم لا يزيغ أن يكون أُكذوبة سياسيّة كبرى بين الأغنياء والمترفين، تتجاذب فيه القوى وتتصارع، وبلدك ليس سوى عالم صغير من عالم كبير، لذلك يستوجب عليك النّظر إلى الأمور بتؤدة، دون تعجّلٍ، لأنّ أضرار التّعجّل وخيمة، أقرّ أنّ البلدان تحتاج لذوي عقلٍ ومنطق وحكمة، لكن هل بأمثالك يمكن أن نصنع شيئا؟ وما أدراك في البداية بانتماء الإنسان وبمرجعيّاته ومآربه؟».

توقّف مجدّدًا دون أن يُقدم على الرّد كأنّه تذكّر شيئًا ممّا وقع مع السائحتين، فاستطرد سعد قائلا: «يمكن أن ترى النّاس متديّنين، لكنّهم متحرّرون، هاته الازدواجيات سنّة الحياة، والنّاس خُلقت لتختلف، إنّ مقاصدنا هي التّعايش مع الاختلاف، وأن نسعى جاهدين بأن نؤدي الواجب ونستمتع بالحقوق يا صديقي، نحتاج إلى التغيير لكنّ التغيير ينطلق مني ومنك ومن الآخر لكن ليس بأمثال قدّور، لأنه زُرع هناك من أولئك الذين يتمرّغون في الخيرات، أولئك الذين يبحثون على أن تبقى الأرض ساكنة دون أن تتحرّك».

أنصت عبد القادر بنهم، لم يعد يستطيع أن يميّز بين الأشياء، خطابات متشابكة من كلّ حدب وصوب، بدأ يرى نفسه كخرقة يتقاذفها الرّيح، ولا يعرفُ كيف يصير ثابتًا بين ذاك كلّه، فاستنجدَ بعقله، وبدأت تراوده أفكار المصالحة مع الذّات: «كيف لي دحض تلك الأفكار المسبقة؟ وكيف لي أن أقضّ مضجع هذا الكمّ الهائل من الأسئلة التي تقتلع كياني وتبدّد كلّ شيء كان جميلًا فيما مضى؟ كيف لي أن أُجدّد إيماني، وأنا بلغتُ اللّارجعة».

أحسّ سعد بسذاجته، وأنّ بُهمَةً قد أصابته من تبطُّل ساحرٍ، أراد أن يبخُتها ويرديها رمادًا، فردّ عليه بعد أن ألصق حديثه بحديث الفتى: «عُد إلى الفتى الذي كنته قبل لقائك بقدّور، كن عبد القادر ولا تكن نُسخة من قدّور، نسخةً مشوّهة لذاتك، حاول أن تختار ولا تجعل الإنسان الآخر يختار محلّك، أنصت كثيرًا لكن حاول أنْ تُحسن الإنصات، وأن تجيد التّمييز، حاول أن تقتلع عن السّجالات التي لا تسمن ولا تغني».

بدأ عبد القادر يحملقُ عينه في المكان كأنّه يلوم نفسه على، واستطرد سعد قائلًا: «لا يمكنك أن تنظر إلى هذا العالم فتظنّه عبثًا، لا يمكن أن تكون مفكّرًا قد تجاوز الغزالي، يا صديقي الحياة تُدرك بالقلوب وليس بالعقول دائمًا، العاطفة في بعض الأحيان هي التي تؤمّن للإنسان حياته وحياة أقربائه، كن واقعيًا فقط في مساراتك التي تهمّك، وكن عاطفيًا أكثر فيما يتعلّق بالآخرين، لأنّ العاطفة هي التي تجيد الفصل وتحكم النظرة إلى مآرب الآخرين».

تلقّف الشابّ عبد القادر ذلك التّلميح فتقهقرَ، كأنّه أخرج كومة من الأفكار التي تتآكله، وأكمل الشّبان حديث الطّرائف، وأعادا شيئًا من الطّفولة، وما يعْلَق في دهاليز الذّاكرة من بوحٍ فيّاض يسعُد اللّحظة التي تتماوج بين الجدّ والهزل.

* * *

لا تهبنا الحياة ما نشاء دائمًا، تنير الغرف السّوداء، ويطرأُ أن تنطمسَ الومضة سريعًا من دون سابق إنذار، تُراقصنا وعلى حين غرّة تعقد أوزارها حدّ المنتهى فتنفرج، تحنّ فتغضب لتحنّ مرة أخرى. هكذا تعامل مريديها، وسعد أحد هؤلاء.

انتهى لقاؤه رُفقة مؤنسِه في ذلك المساء، تبادلا ما تبادلاه من ضروب أخبار الظّرفاء والحمقى والمجانين، من طينتهم، لتأتيه سارة في اليوم ذاته

كسحابة محمّلة بالصّبابة، وتريد أن تُمطرها، لتخفّف عنها كيْلَها، قصدتْ سعدًا من دون إخبارٍ، كما يفعل الطلّ عادة، حينما يتلافى الإنذار بالسّقوط.

على رصيف الحيّ الجامعي تمّ اللّقاء، فتقاطر إليه الخجل، لقد أسلم هواجسه لسارة الّتي تُؤمن بالتّحرر، والعيش تحت ظلال ما تتلهّف إليه الذّوات، تعيش حياتها كما تحب.

شاءتْ أن تستكشف الغُرفة الّتي تؤويه، تكرّر معه الأمر نفسه الذي اشترك فيه مع عبد القادر، غرفةٌ تتواجد أعلى البناية، لم يعد يلهث كما كان يفعل، فالقلب يصير أكثر حيوية يوم يلقى الحبيب، دار بينهما حديث جانبيّ أثناء ترجّل الدرّجِ، زاد من إغفال العلوّ، ثم دخَلَا إلى الغرفة الفوضويّة، لكنّها هي الأخرى فوضويّةٌ بطبعِها، وتحب حياة الفوضى وعرضيّتها في أمور الحياة، كلاهما ينظر إلى الحياة بفلسفة الفوضى والعبث، لا شيء في المستقبل يتحقّق بتنظيم قاطع، نحتاج في بعض الأحيان إلى الفوضى، في بعض الأحيان فقط، فالأمور تصل إليها بعبثٍ، وبنزرٍ يسير من التّعقّل. مهما بلغ التّدقيق في التّقديم والتّأخير والتّخطيط، كلّما تجبّرت الحياة وأحسَّت أنّها أخذت أكثر من قيمتها، وكلّما بخّستها وأشحْت بظهرك عنها كانت معك أكثر جدّية ولباقة.

نطقت سارة وهي تقف على ناصية الشُّرفة أو ما يشبه الشُّرفة: «منظر يأسر القلوب يا عزيزي، وغرفتك في غاية الرّوعة».

دَرَى أنّه إطراء جانبيّ للغرفة، وتأكّد أنّ الفتاة تسكن في «فيلا» فخمة، ولم تألَف هذا العلوّ من قبل. كانت تنظر إلى حيِّ العرفان، وتَظهَر لها شمسُ الغروب، القريبة من الأفول، بعد أن ولجت وسطَ غيمةٍ منفلتةٍ، مرسلةً شظايا لونٍ ممزوج بخيوطٍ ممتدّة من الاصفرار، وشيء من حمرة السّهام، كخيوط ذهبٍ ممتدّة، تزيّن المكان. إنّ ذاك الشّفق المسائيَّ هو الذي سحر المكان

وزاده بهاءً، وقد لامسَ رقّتها. ثم ردّ الشابُّ بكل بساطة: «من لطفك ورقّتك يا آنستي».

استرسلت: «لي طلبٌ».

«بكلّ سرور، وبالسّمع والطّاعة».

«عزيزي أريد أن تعرّفني على هذه الثّقافة».

كانت تقصد ثقافة الشّاي. بديهتها أشعرتْها بأنّها ليست جلسةً عادية، وحال ما سمعت طول اللّقاء، أسرّها الأمر، ووجدت ذريعة مباشرة لتمكث وقتًا طويلًا. فكّر سعد بأنّ الغروب وشيك، وبقدر ما أعجبه ألّا تمانع سارة في البقاء لساعات متأخرة، بقدر ما هاله، ما جعله مرتابًا مرتبكًا. لكنّه في نهاية المطاف، لم يكن سوى أمام خيار القبول، فالضّيف يظلّ ضيفًا، عدوًّا كان أو صديقًا، وسارة كانت تزيد الطّرحين درجات كبرى، فقد كان ما يجمعهما في مظان صفوة العلاقات، ورغبتها أمرٌ أكثر من كونهِ طلبًا عابرًا.

أجاب والابتسامة على محياه: «بكلّ فرحٍ».

تربّع على ذاك الحصير، حاكته الفتاة، فتقابلا كأنّهما في حالة مبارزة، منتشيان متورّعان، ثمّ وقف فجأة وحمل إناء داخله حفنة ماء، أراد أن يضعه على المشعل حتّى يغلي. قالت: «هل أشاركك؟».

رحّب بالفكرة، ثمّ بدأ يفسّر: «كان بالأحرى أن يوضع هذا الإناء على نار هادئة، نار من فحمٍ أسود، وهو ما أفتقده الآن».

تابعت حديثهٍ والشّغف يملؤها: «لا بأس، المسخّن الكهربائيّ ليس بذاك السّوء».

استرسل: «نضع قدرًا من حبات الشّاي حسب سعة الإبريق، كما سأريك لاحقًا».

انتظرا إلى حين غليان الماء، ثمّ واصلا الإعداد، فأخذ الشّابّ بإسهاب حثيث يفصّل في مراحل إعداد الشّاي ذي الطّبعة الصّحراوية.

في ذاك الإناء المتوسّط أخذ حفنة ونصف الحفنة من حبوب الشّاي الأخضر الحاملة للعلامة التّجارية «5/5»، بعدئذ عمل على سكب ما تيسّر له من ذاك الماء الدافئ الدّافق، ليعمل على تصفية ما تحمله الحبوب الصّينية المستوردة، لكي يتخلّص من الرّواسب، كعمليّة شبيهة بتصفية ماء مملّح أو ما شابه ذلك، ليُعيد ملء الإبريق فيضعه بعناية فائقة على نارٍ هادئة. أمّا الفتاة فقد كانت تُتابع كل التفاصيل بنهمٍ شديد بالغٍ، أرادت فجأة أن تصير صحراوية الطّبع.

سَرَتْ أنغامٌ خافتة لشعرٍ طربيّ زادت المكان نضارة، بدأ الشّاي يتفقّع إنذارًا بنضوجه وتمام اكتمال طهيه، أشار بيده وأوضح أن تقطر شيء من ذاك الشّاي يصدح بنهاية عمليّة طهيه وتمامها، وهو نذر إعلان صريح على ضرورة انعتاقه من ذاك اللّهيب الذي لا يظهر.

وهو يقلّب الشّاي مرارًا، إلى أن يترسّب ذاك الزّبد أثناء رفع براد غضار مزركشٍ يتجاوز ارتفاعه مستوى الخنصر، كانت الفتاة لا تنفكّ تتقصى الطّرائق بفضولٍ، طلبت منه القيام بمحاولة بنفسها، رفعت البّراد عاليًا لتصير بينه وبين الكأس مسافة تتجاوز الدّرع، فتعبُر بالشّاي ليهوى من الأعلى صوب الأسفل، بشكل مصوّبٍ صوب دائرة الكأس العليا، وقد نجحت رغم ما بدا عليها من ارتيابٍ مخافة الإخفاق...

صفّق لها بحرارة، وشجّعها على إعادة المحاولة، وقد كرّرتها بإتقان الخبير، كأنّها دأبت على ذلك منذ زمان، شاءت أن تبهره بحذاقتها وقد أفلحت، ثمّ، أخذت محفظتها وأخذت أربع شمعات مزركشة الألوان، نشرتها على أطراف الطّاولة، ونثرت شيئًا من الورود المجفّفة اليابسة على تلك الطّاولة البلاستيكية المستديرة، وانتشلت قالبًا صغيرًا من حلوى الكريمة، عليه بالحرفِ العربيّ «عيد مولد سعيد يا سارة»، في لمحة دالّة على احترام تقاليد سعد، وفي استعدادٍ ظاهرٍ لعشقِ كلّ ما يعشقه الحبيب.

في جنبات ذاك القالب رسومات شبيهة بالقلب تحمل الحرف الأوّل من اسمه، بالحرف اللّاتيني. ربّما لم تشأ أن تنسى نصيبها، لقد أرادت أن تتملّكه كما تتملّك لغتها. لمحَ الشابّ ذلك فأصابه الذّهول، وأكله الشكّ والارتياب.

كان يستشرف مغادرة سارة قُبيل حلول الظّلام الحالك، الذي يحوم حول المكان، لكنّ الفتاة كانت على أتمّ الاستعداد بالاحتفال والمكوث بشكل أطول، لأنّ دقائق الاحتفال قد بدأت للتوّ، فهي لم تكن تهتمّ بأمر المغادرة، بقدر ما كانت تبحث عن ليلة للذكرى تحفظها ذائقتها، مع الذي أحبته في صمتٍ.

لقد دأبت سارة على أن تطفئ شمعة خريفها، لتوقد شمعة أخرى في جوّ مهيب، اليوم خفُت ذاك الإيقاع الشّديد في الاحتفال، واندثرت الحشود، والتّنميقات والألعاب والاحتفالات الصّاخبة المنذرة الّتي يعجّ بها المكان، تلاشت كلّ تلك التّقاليد الّتي ترافق ذكرى مولدها في حضرة الأبّهة. لقد اعتذرت، لأهلها قبلُ، وكشفت عن غياب الرّغبة لديها في ذلك، ما استقبله الأهل بكثير من الدّهشة، عكس شغَبها في كلّ مرّة يقترب فيها شهر ذكراها. اليوم أَلغت كلّ شيء على حين غرّة.

بدآ يردّدان، تلك المعزوفة الشهيرة «هابي بيرثداي تو يو... سنة حلوة يا جميل»؛ أخذا في إطفاء لهيب الشّمعة سويًّا، كأنّهما يحتفلان بعمر واحد.

محاولة إقناعٍ بالعدول

مرّت ثلاث سنوات من عمر الدّراسة بعُجالة كعمود ريح صيفٍ عابر بين ثنايا الصّحراء ورمالها، لم يعد عبد القادر ذاك الفتى الذي كان مهووسًا بالمثاليّة العوجاء، لم يقو على الاستمرار في أفلاطونيّته، بعد أن ضاع عنفوانه، ضاع فيه ذاك الشّاب الذي يرسم حياته باللّون الأزرق، لون الواقع والحياة لون البحر والسّماء، قذف حياته الواعدة بالمحاسن إلى جحيم لا تطيقه النّفس، جحيم الفراغ الرّوحي الذي صار يكتوي به، ويقود حياته لحافّة الانحدار بل للانحدار نفسه.

لم يتمّم بعد سنواته الجامعية العادية، صارت تتداخل له الوحدات والفصول، وفي السّنة الأخيرة يعبر صوب الفصول الموازية، شيء من الفصل الثّاني والرابع والسّادس ولا يبدو أنّه قادر على المسايرة والاستدراك والخروج من دوّامة الفشل الجارفة لكلّ من يهب نفسه لها؛ لقد دأب الغياب على مقاعد الدّراسة تارة أو الإتيان متأخّرًا تارة أخرى، ثمّ الجلوس في المقاعد الخلفيّة التي لا يصلها سوى صدى صوت المحاضر. لم يعد غرضه تلقّي المعرفة التي أتت به للحرم، بقدر ما همَّه التّودّد إلى الفتيات اللّائي تتشاركن معه المقاعد الخلفية، فيتقرب منهنّ من دون أدنى قلق، تارة يفلحُ في الاستمالة وتارة يلقى الصدّ، أو يقابَلُ بتجاهلٍ مميت.

وجد هناك ضالته، كان حريصًا أشدّ الحرص على إثارة المشاكل وافتعال السّجالات الثّنائية بينه وبين أولئك الذين يتقاسم معهم الجلوس في الكراسي الخلفية، صار أكثر حدّة من ذي قبل، وصار صعب المراس.

صار عبد القادر غريبًا على نفسه لم يقدر أن يتخلّص من ظلاميّته، كأنّ سمّ قدّور لا يُبْرأ منه وقد اغترّ أكثر بالمجنون، تقلّبت حياته كتقلّب الهجير، صار تائه الخطى، لم يستطع أن يكفّ عن تناول الشّراب، بات نحيف البنية. لم يعد بمقدوره تأمين المال، فاختار ممارسة الاستجداء في ساعات فراغه، لقد رآه منهلًا للمال من دون الاعتداء أو إجهاد النّفس، أمسى شحّاذا عصْريًّا، يتأبّط ورقة في غالب الظّن تجد فيها كلمات من قبيل: «أخوكم في الإسلام، له أربعة أولاد صغار، يحتاج لمساعدتكم في إعالتهم... ويختم بـ: والله لا يضيع أجر المحسنين».

يكتبها بخطّ مدبّس، ثمّ يحشوها في كيس بلاستيكيّ، تعبيرًا عن بلادتِه، لكنّه أذكى في الاحتيال أكثر ممّا يظهره من البلادة، تجاوز مسألة التّمارض، حيث الادعاء وكشف الإصابة للعيان، بعد أن يصنع ورمًا وهميًّا يصدّقهُ رائيه، فيحمل في يده علبًا من العقاقير، كيفما كانت، حتّى وإن كان يحمل عقاقير التيلاسيميا وهو يدّعي أنّه مريض بالسرطان، فالأهمّ عرضها لاستئثار الآخرين. هي علبٌ في آخر المدارِ تفي بغرض الاستجداء.

لقد كان في حاجة لوسيلة تقيه من الظّهور والتّقليد العتيق، كان أيضًا يحتاج إلى أن يضمر أفعاله، فقد يسهلُ كشفُه، إن لم ينتقل لمدينة أخرى بعيدة. بيد أنّ الرباط تتيح له ولوج الحانات، والاستمتاع بالشراب الذي يتلهف لأجله، ولا سبيل للإقلاع عنه، طوّر عبد القادر من طرق الاستجداء واستحدثها للحصول على المال.

هناك خلف الشّاشة يتوارى، ويظهر ما تبقى من ذكائه، ودهاء ما تفرزه الحاجة، فيجلس خلف الحاسوب، ويعدّ فذلكة يصدّقها كلّ عابر بين مواقع التّواصل الاجتماعيّ، يدخل باسم مستعار ويسجّل حالة إنسانية وهميّة، يحسن إخراجها في هيئات أبي الفتح العباسيّ، المكدي المشهور، فيستغلّ اسمًا في

حيّه ليتقاسم معه الغنيمة، بعد إشهاره بورمٍ مصنوع بالافتراء والادعاء، وفي تغيير جذري للملمح، فلا يتعرّف عليه حتى الأهالي والأقارب. عبد القادر ذاك الشحاذ العصري، لم يكن يُرى، كان يضطلع بدور «رجل الكاميرا»، دوره خلف عدسة الهاتف مع الإسهاب في شرح الحالة، وعرض حسابات مفتوحة للمساعدة. هكذا كان يُؤمّن لنفسه ثمن الشراب، ويسدّ ثقب الحاجة له، وبذلك كان يتّسع شره الاستهلاك. تركه قدّور الذي غاب في السّنة الأخيرة، وتوارى عن النظر، في بحث مستميت عن فريسة يجرفها، في موضع آخر.

هكذا تلوّنت حياة هذا الشّاب بعد أن جرفته تيّارات الهوى، وقذفته إلى مستودعات الحقارة، ونحو أوساط الألفاظ البذيئة، بعد أن كان لا يسمع سوى صفاء الكلمات ووداعتها، لقد قذفته قدّور نحو النّبذ بقدر يجعل الآخر يتفاداه كلّما رآه قادمًا، لما يحمله من عللٍ ناقصة، صار معلومًا منزويًا يرفض الآخر في الغالب مجالسته خوفًا من الشّبهات.

بينما كان عبد القادر جالسًا في المقصف الكئيب، شارد الذّهن في تلك الأيام الأخيرة من السّنة الجامعيّة الثّالثة، أيقظه من سهوه صوت الهاتف، استقبل اتّصالًا هاتفيًّا من الجنوبيّ الذي ظلّ وفيًّا للرّفقة، يطلب منه أن يلتقيا. فقد أفلح سعد في إنهاء مساره الجامعيّ في الوقت المحدّد، لم يُفَرِّط ليصلَ حدّ سوء النّتائج، ولم يُفْرِط في درجتِها للحصول على أعلاها، كان وسطيًّا في كلّ شيءٍ.

هو لقاء وداعيّ بالأحرى، لكنّه يُضمر استعادة الذكريات، ونصائح لصون الحياة التي تميل إلى الخراب، بل وصلت في الخراب مبلغًا هائلًا. اتّفقا على المكان، وانتهى كلاهما إلى ذاك الفضاء الأخضر الموجود بجانب الباب، الفضاء الذي أعلن الحبّ لسعد، والفضاء الذي استلقى فيه عبد القادر بعد حادثة الثّمالة. هناك توقّف الزّمن ليذكّر سعدًا بالحلو والمرّ، فقد حلّ به قبل أن يحلّ به عبد القادر، يترقّبُ سعد قدومه وهو يدندن بعض

كلمات إحدى الأغاني الملتزمة «لميكري»، وبدأ يخرجها في صوتٍ داخل الصّدر يشبه الهمهمة:

مَاشِي مْلْزُومْ ... مَاشِي مْلْزُومْ
عْلِيكْ الكْذُوبْ
مَاشِي مْلْزُومْ...وْفكْلْ يُومْ فْتْنَة وْحْرُوبْ
فْتْنَة وْحْرُوبْ
بْلَا مَنْ لُومْ، بْلَا مَنْ لُومْ مَا فِينَا غَالِبْ ولَا مَغْلُوبْ
بْلَا منْ لُومْ
اللِّي مْكْتَابْ، مَا مْنُّو هْرُوبْ
مَا مْنُّو هْرُوبْ
حْتَّى أنَا بْعْيُوبِي، بْعْيُوبِي
بلَا قِنَاعْ وبْأُسْلُوبِي
بأُسْلُوبِي
آه، بْأُسْلُوبِي
ظنِّيتْ الدّنيَا مْزيَانَة
غَدْيَ تْنْصْفَكْ، مْن ثَوَانَى
واطْلْعْت فْهَذِي غْلْطَانْ
غْلْطَانْ
وحْسْبْتْ حْسَابْ، واصْدْقْ مَقْلُوبْ
...

وفي لحظة الدّندنة والانتظار، رمق سعدٌ عبد القادر قادمًا بعد تأخير قرابة نصف ساعة، متثاقل الخطى، ولج إلى المكان كأنّه مخدّر رثّ الحال وألقى التّحيّة: «مرحبًا يا سعد، معذرة على التّأخّر».

تصافحا، وتقاسما سلام الخدود، كما يشاع في المغرب، ردّ عليه سعد: «أهلًا يا صديقي. غبت وغاب معك السّؤال؟ ما جديدك؟».

«حالي حال الجاهل بمسار العودة، تُهتُ ولا أستطيع العودة».

ابتسم سعد في شبه تأسٍّ، وهو يشفق عليه من دون أن يكشف عن ذلك، مغتنمًا فرصة استفساره عن مساره الأكاديمي المتعثّر.

«هل من أخبار مفرحة في وحدات الجامعة؟».

أومأ إليه عبد القادر برأسه بشكل يشير إلى التّحسّر، ويحيل إلى الدّحض. ثمّ استرسل قائلًا: «وحدتان على مدار نصف السّنة، إحداهنّ في الفصل الرّابع من السّنة الثّانية والأخرى من الفصل السّادس من السّنة الثالثة وبدرجات على حافّة دون المتوسّط».

ردّ سعد في أسى بالغٍ: «للأسف، ستنتهي لقاءاتنا بهذا الفضاء. آسف على ما وصلتْ إليهِ حالك».

«إذن أنت استوفيتَ ما جئت من أجله. تهانينا الحارّة».

هكذا ردّ عبد القادر بانشراحٍ، وفتح له صدره للمباركة، وعانقه بحرارة، وأظهر شيئًا من روحه الطّيّبة الّتي كان يتقفاها سعد، ويريد أن يُعيدها لأرض الحياة، الأمر الذي لامسه وعاد به لدائرة الحوارات القبلية الّتي تعدّدت في الشّتاء والصّيف، لعلّه يفلح في ثنيه عن أفعاله المذمومة التي قتلت فيه روح الإنسان، وأيقن أنّ الفرصة مؤاتية لإعادة تقويم سلوك صديقه، بتذكيره بشيءٍ من خطابات اللّقاءات الّتي دارت بينهما على امتداد تلك الأيّام الخوالي، لعلّ إعادة إحياء شيء منها يشفع له لحجب الرّدة عن قلبه، والعدول عمّا قاده إليه قدّور بنيّة مبيّتة. استغلّ سعد ذاك الجو العاطفيّ، وبدأ يستفزّ قدور.

«إن سألتك سي قدور عمّا إذا تلقّيت ضربة فجائيّة وأغمي عليك، فذلك يكفي أنّك عنِّفت، وأنت لم تعرف الفاعل بعد الإغماء، لكنّه موجود من دون

أن تطبع الأمر بالشكّ. وإذا رأيت طيّارة في السّماء، فيكفي أن تقول بأنّ من يقودها ربّان وهي تحمل مسافرين يعبرون الجوّ. وإن رأيت منزلًا أيقنت أنّه من صنع إنسان، وإن لم تكن عاينته أثناء الإنشاء. أمّا الكفيف الذي لا يرى الوجود، فهل له أن يلغيه لأنّه كفيف لا يبصر ما حوله؟ الشمس أيقنتَ بها، لأنّك لا تحتاج لإجهاد العقل في الأمر، وكذا القمر، لكنّك لم تجتهد يومًا في جحودك، وتنقل المستشكل لتؤمن بمن يحرّكها بهذا النّظام الآخذ في الدّقة، فهل هي من صنع العدم؟ لا بطبيعة الحال، كذلك الكون الشّاسع والفلك والسّموات السّبع من دون أوتاد، والجبال وما بينها... وإن لم أحاججك بكلام الله، فسأختم بكلامه، ردًّا على من يقتلهم الشّك والارتياب. مصداقًا لقوله تعالى بعد أعوذ بالله من الشيطان الرّجيم: ﴿أَفَلَا يَنظُرُونَ إِلَى ٱلۡإِبِلِ كَيۡفَ خُلِقَتۡ ﴿١٧﴾ وَإِلَى ٱلسَّمَآءِ كَيۡفَ رُفِعَتۡ ﴿١٨﴾ وَإِلَى ٱلۡجِبَالِ كَيۡفَ نُصِبَتۡ ﴿١٩﴾ وَإِلَى ٱلۡأَرۡضِ كَيۡفَ سُطِحَتۡ ﴿٢٠﴾﴾، هذا غيض من فيض يا صديقي، وحياتك المتقلّبة أهل للمقارنة، بين القبل والبعد، بين الحسن والمسخ».

بدأ عبد القادر في كلّ مرّة تزاح عنه أهوال الشّك، ويلغي شيئًا من الأقوال التي تثار. ويراهُ سعد قد بلج في الحنين لروضة الإسلام ودوحته، بعد أن رأى على ملمحه وقع الانشداد.

يعرف الشّابُّ الأطلسيّ في خلده أنّه قد نسف الدّين وكلّ شيء جميل، لأنّ الحياة العبثية في شكلها ومضمونها لا تنتج سوى الاضطهاد والاستبداد، والجهل بالأمور رذيلة إن بلغت مبلغًا غاشمًا، وتولّد العصيان على العقل، والتّطرف على الذّات، والعدول عن صراط الحق، وإهلاك ما تبقّى من النّفس والجسد.

انتهى ما جمع الشابين. كانت تلك آخر مواعظ سعد، رغم أنّه لا يفقه إلّا ما تيسّر من أمور الدّين، لكنّ إيمانه ثابت قاطع كثبات جبال الكون، لكنّه حاول الإقناع قدر ما ملكت أيمانه.

عانقه عناق الوداع، وبكلمات مختنقة، قال عبد القادر: «هل رأيتني أُبالغ؟».

«بالغت يا صديقي، وبلغ بك الأمر إفلاسًا. لقد تمكّنوا من افتراسكِ، واختراق كيانك المقدّس، اخترقوا ذاكرتك وأضعفوها، وأجهزوا عليك إجهازًا مخزيًا. تالله أراك تتعذّب، وتعذّبُ نظرتي إليك. أتمنّى أن تنعتق من هنّاتك –رغم أنه في خلده يعلم أنّه يحتاج لشبه معجزة– وداعًا يا صديقي».

«الوداع».

ما قبل الانكسار

تعصف ركائب الحبّ بقلب سارة، وتدين بدين حبٍّ لسعد أنّى توجّه قلبها. قد باتت تعشق الجنوبيّ كحبّ ليلى، تحبّ ذاك الجنوبيّ ذو اللّمحة السّمراء السّمحة، قد سطا على كينونتها، ذاك الأسمر الذي يكتنز سحر الصّحراء وينثره، لينبت جنانًا من العشق المتدفّق كشقائق نعمان لا تفوح من جمالها الآسر سوى حبّ مشرق.

لقد أفلح إفلاحًا ضاربًا في أن يُعلن تلاقيًا بين شمال الحوض الأبيض وجنوبه، وعاد لإحياء ذكرى كليوباترا وأنطونيو، وإن اختلفت معادلة العشق، يُجنّ جنونها كلّما ورد اسم سعد، تدرك أنّها ستعيش معه في صراع سرمدي لمعانقة صليبها، لكن ذلك يؤرّق عقل خليلها أيضًا، الباحث عن حسنات الدّعوة لتظلّ الحياة بينهما فيصلًا في الاستمالة.

يتجدّد اللّقاء بينهما، حيث أصبحت وجهًا مألوفًا في الحيّ الجامعيّ، إنّها الصديقة الغربيّة للجنوبيّ التي لا يتمّ منعها من الولوج، ليس لكونها محبّة فقط، بل بدعوى الانفتاح الّتي تفشيها الصّفيحة الصّفراء على مقدمة السيّارة ومنتهاها، إنّها تحمل ترخيصًا وهميًّا موشومًا على جبينها، لأنّها شقراء ورقيقة حاشيةٍ بلباس عصريّ، ولسان عربي متلعثم.

تتقدّم الشّقراء باندفاع الشّوق الحارقِ، وتتجاوز المسافة في عجلةٍ من أمرها، ترى تمام السّنوات الثلاثة كأنّها همسة أمسٍ، سرعة نفّاثة تقذف بالأيّام صوب عِداد الماضي، فالزّمن النّفسي يسرّع كلّ شيء من شأنه أن يُشعرك بالإمتاع، ويُبطئه من دون أن يكسره.

ها هي ذي تقترب من الغرفة الّتي يسكنها الفتى، ستشهد تلك الغرفة الجمع الأخير بين الثنائيّ الجميل، في صباح اليوم العشرين من الشهر السّابع من السّنة الجامعيّة الثالثة وفي قلب الحيّ الجامعيّ تنقر سارة الباب نقرتين سريعتين، فلا يأذن لها سوى نفسها بالدّخول، أو ربّما إحساسها بكونهما واحدًا، يجعلها أكثر شغفًا واندفاعًا.

تلفّت سعد بعجبٍ، ليجد الفتاة على الباب واقفة شامخة، انشرح قلبه لأنّها أتت من دون سابق ميعاد، وأضاءت عتمة وحدته.

كان صوت سارة رغم ابتسامتها المفبركة مشحونًا بالقلق والوجس، لقد وصلها من الكواليس صدى مغادرة تراب المغرب في الأيام المقبلة بعد انتهاء فترة أبيها في مسؤوليته التي استمرّت لما يقارب العقدين، ولم تتيقّن بعد من الخبر، لكن ذلك قد ضايقها، ووجلت من فكرة العودة للموطن واللّاعودة لهذه الأرض، ما ملأ قلبها بمشاعر كئيبة، أتت لتبدّدها بلقياه.

أمّا سعد فقد صار يقرأ فنجانها، ويهضم ملامحها، ويعرف خبايا ما تستره، بما تعبّر عنه تقاسيم وجهها، أيقن أنّها تكبح شيئًا ما في وجدانها، استفسر، فتجاهلت الشّقراء خطابه، فخشي من نظرة المعاتبة والمضايقة وتجاوز الأمر. لم يشأ قطّ إزعاجها أو إرغامها على البوح، ما دامت تتحاشى ذلك، تجنّب أن يثير حزنها، أراد أن يخفّف عنها قليلًا، فرمى بكلمات، نسجها من هنا وهناك، ثمّ سارعت لكي تشْتمّ نسيم الخارج، عساه ينفض ما يعتري قلبها من اختناق اللّحظة. فخرجا من الحيّ عابرين ردهاته في تناغم كأنّهما خلقا لبعضهما، في تَماهٍ قتّال...

ركبت سيّارتها ذات الصّفيحة الصّفراء، وجلس قربها، ظلّ يعير النّظر إليها، وهي عابسة الطّبع في تلك اللّحظة، فانطلقا إلى وسط الرّباط، وصلا للموضع سريعًا، وركنت سيّارتها بالقرب من محطّة القطار، فذهبا في اتّجاه الجولان.

هناك وجدت سارة فسحة لتستفسر منه عن دينه، كانت معجبة بالدّين، لكنّ شيئًا ما يصدّها عن الإفصاح، رغم أنّها تحمل شيئًا دفينًا تشجبُ به بعض السّلوكات التي تراها قبيحة ذميمة كالتّطرف، وقد باغتها بسؤال معاكس، حين قال: «ماذا تعرفين عنه يا فتاة؟».

استطردت بدماثة وابتسامة خجلى: «إنّكم تتوضّؤون في كلّ صلاة».

ابتسم معقّبًا: «إنّه التطهرُ من كلّ دنسٍ، إنّه فريضة تجعل الصلاة مقبولة، فالإسلام يولي الاهتمام الأكبر للطّهارة والنّقاء والصّفاء في كلّ شيءٍ حتّى القلوب، ومن كل شائبة».

قالت متعجّبة: «نقاء القلوب! وما سرّ تلك الجماعات المتطرفة منكم».

جاءت العبارة على لسانها بكثير من الاستغراب والتّعجّب، ثمّ تابعت بعد صمتٍ ضئيل: «لكنّني حين أكون أمام المغاربة أحسّ بإسلام آخر، لذا أخبرني هل لكم ديانة أم ديانات في ديانة».

«ماذا عساي أقول، الإسلام ديانة واحدة، خُتم بها الدّين الكونيّ، لكن من حقّ السؤال أن يغمرك بالشّك، لأنّ هناك من يصدّر صورة سيّئة للإسلام على حدّ علمي، الإسلام دين تسامح وودّ وتعاطف ووئام، ما تضطلع به الجماعات باسم الدّين أمرٌ مفبرك، تنخرط فيه أجندات مجهولة، ترسم واقعًا منحطًّا مدنّسًا عن واقع الدّين، فتنجح في فصله عن أصله، بشكل مقصود. يصدّرون ما يجعلك تمقتُه وتكره من دون أن تطّلع عليه، يعلّقون شمّاعة التّطرّف على الإسلام، يذيعون فوبيا خبيثة عنه، ويأخذون على عاتقهم مهمّة فرض الاشمئزاز منه، فيجعلونك تتموقف منه كحالكِ قبل أن تحاذيه».

قاطعته الفتاة بكياسة: «وما سرّ جريمة السائحتين الإسكندنافيّتين في إمليل التي هزّت الأرض؟».

«تعلمين أنّ الجهل والمال لا يولدّان سوى انحطاطٍ وتطرفٍ وشططٍ في العنف، هذه استثناءات لا تميز في حضرة الدّنانير. أولئك تعرّضوا لإبادة فكرٍ،

وتمّ تجديد أفكارهم بشكل مغلوط عن الجهاد، وبدافع ماليّ محفّز للقتل، كلّ ذلك باسم الإسلام. إنّهم يتعرّضون لنوع من المسحِ لكونهم أسوياء مع الله ومع الخلقِ، بتزكيةٍ جاهلة. لكن لا أُلغي أنّ المسلمين أنفسهم قد أسهموا في هذا الضيم الملعون، إنّنا تراخينا واستهترنا، لم نصن ديننا بما يليق به، إنّ تصرفاتنا تحتاج لكثيرٍ من التقويم والتّعديل، هناك من يمزج المقدّس بالمدنّس، هناك من لا ينقل التعاليم بالحرص الكافي، نتحمّل وزر ذلك. بالمناسبة هل تتذكّرين ذكرى الحي؟».

«إنّها ذكرى لا تُنسى».

ترك سعد بتلك الكلمات سارة مشدوهة، غير أنّ ذلك لم ينل من عزيمتها، فاستفسرت منه: «وما السّبيل لأن أكون معك من دون أدنى علّة أو زلل؟».

«أنا أمثل الإسلام، وأنا صورته الصّغيرة، إذا أحببت أن نكون سويًّا فما عليك إلّا أن تؤمني بديني وإيماني».

لم يغضبها قول سعد، لكن أمر الدّين شيء لا يُستهان به، فقد بدأت الفكرة تدبّ في خلدها بعد سماعها، وأمر هضمها يحتاج لجلسة خلوة، هكذا حال لسان سارة يقول. مرّت لحظات في لقائهما، وبدأ ينسلّ لسارة شجن كئيب، بعد أن استأذن منها سعد بالانصراف، تنهّدت وطأطأت رأسها، في شكل أقرب لملمح الاستسلام، وشرعت في تعداد خطواتها في عودةٍ سريعة لمضجعها، فيزيد حزنها درجات، كلّما تفطّنت أنّها ستغادر الأرض التي جمعتهما، وما يؤجّج نّار قلبها كتمان أمر مغادرتها، فبقدر ما لم تشأ إخباره كي لا تنحر رغبته في تعلّقه بها، بقدر ما كان سيتألّم بشكل مضاعف يوم تغادر الأرض من دون إخباره.

تقاذفتها الأهواء بعد أن تيقنت من الأمر. خبر مؤكّد أصدرته السّلطات البريطانية بأنّ أيامهم صارت معدودة كهيئة دبلوماسيّة موكّلةٍ، ربّما في تجربة

عربية أخرى أو في مهام داخل ثرى أرض الفتاة؛ والأهمّ في كلّ ذاك، أنّ قرار المغادرة حتميّ، لم تعد تفصل المغادرة بيوم اللّقاء الأخير، سوى طرفة عين. بل إنّ القرار لم يبق له سوى التّنفيذ.

لم تكف عن البكاء قط، واعتزلت في غرفة من غرفِ بيتها، لم تعد بالقوّة والاندفاع اللّذين يجعلان منها قذيفة تعبر الجدار وتخترقها، هي الآن في حالة انشداد نحو العزلة، أحبّت أن تجعل فيصلًا بينها وبين سعد، في انقطاعٍ ظاهرٍ عن عالمها الخارجيّ عساها تولّد طاقة تنسيها فجع الغياب، أتلفت شريحة هاتفها الذي كان يقرّبها من الشّابّ ذي المسحة السّمراء، أبادت الوسيط، وأوصدت بابه في شبه محاولة فاشلة. شاءت أن تُلملم كيانها، وأن تقوّض درجات العشق ذات المنسوب المرتفع، لكن من دون طائل، لقد سطا عليها كلّية وصارت كجسد أصابه داء العشق وإنْ في حضرة الغياب.

بدأت الفتاة تتذّكر خطابات سعد اللّينة، الّتي تتقاطر إليها طوعًا. هوسها به أكبر من نسيانِه، رأت فيه وجه الإسلام والدّين والحياة، أحبّته بقوةٍ، شرعت معها في التّوددِ لدينه، أرادت أن تصحّح مداركها، وتلغي فوبيا تنهشها، لأنّها أيقنت أنّه يحمل صورة الإسلامِ.

فتحت الإنترنت على حاسوبها، بدأت تنبّش في الشّابكةِ عن الوحي وأمور الدّين، لم تنس أنّه قال: «أنا صورة صغيرة لديني»، فأقدمت على تحميل كتاب القرآن باللّسان الإنجليزي.

انصبّ اهتمامها البالغ على البحث عن نصوصٍ تروِي قلبَ شتيلة في عزّ الإنبات، أرهقها جفاء العالمِ الذي يغيبُ فه العشق، بدأت تتسرّب إليها معاني التّعايش بما لم تألف في دينٍ قد بدأت توًّا تتقفّى أثره، لم تلق ردًّا سريعًا على ما ينهشها من فضول، هي تحتاج الخبرة لتضارع النّصوص القرآنيّة وإلى وقتٍ لاكتشافها، كانت تبحث باهتمام مضنٍ، بدأت مهمّة التّنقيب تتوالى تباعًا،

تارة تكتفي بالقراءة، وكلّما شرعت في ذلك انسلّت إلى قلبها سحابة كأنّها تمسحُ عنها يُبسًا دفينًا خلّفته الأقاويل المعادية، وتارة أخرى تحاولُ أن تجْتبي النّصوص الّتي تردّ على مشكّكي الدّين. غير أنّ أمورًا أخرى تحتاج للدّقّة، ألمّت بها صعوبةٌ بالغة في وضع اليد على جرحها. الفتاة تعتصمُ وتُكابد التّفتيشَ في ذاك النّهارِ الحارق، لم يُسعفها غير الدّبيب بعد أن رقنت كلمة «التّعايش في الإسلام»، لتعرض لها الشّاشة نصوصًا من كلّ حدبٍ وصوبٍ، حملت توثيقها، فأدلفت تتقصّاها في النّص الأصليّ المترجم. وما هي إلّا ثوانٍ من زمن التّنقيب، حتّى وجدت تلك الآية البيّنة بلسانٍ تقرأ به: ﴿وَجَعَلۡنَٰكُمۡ شُعُوبٗا وَقَبَآئِلَ لِتَعَارَفُوٓاْۚ﴾. آية كفيلةٌ بأن تفضّ ما استشكلها، ولتفتحَ للإسلام كنف استقبالها، بل إنّ فضولها لم يتشبّع بعد، لتجد في الآية ﴿وَلَوۡ شَآءَ رَبُّكَ لَجَعَلَ ٱلنَّاسَ أُمَّةٗ وَٰحِدَةٗۖ﴾ ما يشي بأنّ كلام الله لا يحتاج لفهمٍ أو تأويل آخر، وجدت توًّا في حياض الإسلام ما يشفع لاحترام الآخر من دون تنقيصٍ، بل إنّها ما فتئت تزهق ما يشيعهُ السّفهاء عن دعوة الدّين للتّطرّف، وما كان إلّا أن نظرت بعين الرّضا لديانة سعد.

أراقت مسامها قطرات باردة نزلت على ظهرها بعد أن شرعت في استجلاء بؤر ساء تسويقها كقطعة ثلجٍ في عزّ الصّيف، ثم انطلقت في رحلةٍ جديدة، انهمكت في كشف خيوطها، ظلّ يتردّد على مسمعها صوت كلمة «محمد»، تفطّنت أنّه ذُكر على لسان سعد وهو يشي لها بالزّواج، فجابت الشّبكة العنكبوتية، لتقرأ نُتفًا من هنا ومن هناك، تجتهد تارة في نقل النّص من العربية إلى الإنجليزية، عبر نقله بترجمة آنية، فيُقدّم لها النّص أحيانًا بركاكته، لكنّها تستوعب الغاية والمضمون، وتارة تجتهد لقراءته بالحروف العربية، استهلّت في جرد نصوص من السّنة، كان مبلغها أن تجد نصوصًا عن الأخلاق والمعاملات، وكلّ ما له علاقة بالوشائج بين المسلمين وغيرهم من الطّوائف.

سقطت سارة على بعض أحاديث السّنة، بدأت تتصفح مضامينها، استوقفها: بشيء من الدهشة «اسْتَوْصُوا بِالنِّسَاءِ، فَإِنَّ المَرْأَةَ خُلِقَتْ مِنْ ضِلع، وَإِنَّ أَعْوَجَ شَيْءٍ فِي الضِّلعِ أَعْلاَهُ، فَإِنْ ذَهَبْتَ تُقِيمُهُ كَسَرْتَهُ، وَإِنْ تَرَكْتَهُ لَمْ يَزَلْ أَعْوَجَ، فَاسْتَوْصُوا بِالنِّسَاءِ». سرت بكل أنحائها قشعريرة ومهابة، بدأت للتّو تحسّ بقيمة المرأة، رغم زلّاتها فالدين حافظها وصائنها، نصّ سنيّ آخر يقي الدّين من شرّ ما يُقال عنه، نصّ بدأت معه تستكمل ارتواءها من شرّ الظّمأ الذي ألمّ بها.

* * *

سعد في خلوته، صام عن الكلام في تلك الأيّام، لم يعد يعرف ما يعمله، في وقت استفحل عليه التّيه. مهاتفة سارة صارت مستحيلة، هاتفها على الدّوام قد انزاحَ عن التّغطية، اختفت عن الأنظار وإن كان الأمر متعلّقًا بسويعات، لكنّها طِوال، لم يعهد ذلك، ولم يمرّن قلبه بعد على الأمر، بدأت تجوبه الأسباب، وتنسلّ لخلده المسبّبات المحتملة والمخاوف الملعونة، في جوفه يحادث نفسه بنفسِهِ مستفسرًا: «هل قمت بشيء لا يصحّ القيام به؟ هل وخزتها بإبرة أو نزلت عليها بشفرة حادّة مزّقت قلبها؟ لَم يبدو لساني متصلّبًا متسلّطًا؟ ماذا دهاني وأنا أحدّثها في أمور الدّين وأبدي انشدادًا لديني وأقزّم عقيدتها؟ من خوّل لي ذلك، ومن قدّم لي صلاحيات الاستفتاء؟ هل أضعتها حقًّا؟».

لمرارة الموقف بدأ سراب من الغمام يرسم له في الأفق، عتمةٌ قاتلة تأكله، وعُورة المستقبل أصبحت حاضرًا حالكًا أمام ناظره، خُطط الماضي القريب باءت فاشلة غير محقّقةٍ، فما أوجع وأضنك أن تقطّب مشاعرك، يوم يغيب عنك المحبوب من دون لمحة مشفرة تحيلك عن الأسباب! وما أصعب أن تتعلّق بشخصٍ يجعلك معلّقًا بالفراغ القاتل الأليم! آنذاك تتوقّف شهيّة الأكل ومخاض الكلام المعسول ويتطاير النوم من الأعين، ويملؤك

السّهاد والأرق، فلا تجد حيلة لمصيبتك، بل تتوقّف لتلمح أزمتك من دون حول لك ولا قوّة.

هكذا صار واقع الشّابّ بين أمس الانتشاء بالرّفقة، ومآسي الغياب الفجائي اللّعين، صار واقعه كأحلام اللّيل الفوضويّة، الّتي تأبى أن تستوي بعد الاستيقاظ. يربّت على مشاعره، ويعود لرشده ليلغي ما أسرّه في نفسه، ويفتح أفقًا أكبر لأسباب تواريها.

في دقائق ذاك الصّباح، صباح وجد فيه نفسه مستيقظًا متنبّهًا، بعد أن ألمّ به أرقُ تلك اللّيلة المريرة، حيث لم يذق فيها من معين النّوم شيئًا، يستقبل رسالةً صباحيّةً من سارة، الّتي كانت لحسن حظّه تحفظ رقم هاتفه كما تحفظ تقاسيم وجه أمّها، تكتبُ إليه: «حبيبي، سأغادر الوطن، وسأعود قريبًا، ليست غيبة طويلة، سنصير توأمين بعد الرّجوع، سأكرّر الشّهادة، حبًّا فيك وانخراطًا في دينك الذي أراه نسخة صغيرة من كيانك الجميل».

حاول أن يهاتفها فورًا، ولكن من دون طائل، لقد سحبت الشّريحة بشكل تراجيديّ بعد أن أنهت رسالتها، هي تتأهّب لركوب الرّحلة المتوجّهة صوب لندن. أراد أن يستفسرها عن الأسباب الّتي تمتدّ وتتجزر في كيانه، يستفسرها عن أسباب تمرّدها، أراد أن يقول إنّ سنواتي في الحي كُتب لها التّمام، وكتب لها أن تنتهي، وأنّه سيخلي الغرفة ويمكن أن تجهل موقع المكوث لاحقًا، أراد أن يقول لها: «إنّه سيبحث عن عمل وسيتزوّجها غدًا بعد أن اعتنقت دينه»، أراد أن يقول لها: «إنّه لا ينتظر منّة أبيها، بل لن يقبل شيئًا من ذلك إلّا بما تصبّب منه عرّقا»، أراد أن يقول لها: «أنت الوطن وفي غيابك أنا أعاني غربة ذميمة».

زاد وهنُه، بدأ يجوب الغرفة طولًا وعرضًا، أحسّ بضياعٍ فجائيّ استُحدث فيه، واشتبكت في خلده الأفكار، لم يعد يعرف ما يقدّم وما يؤخّر، خرّ جاثمًا

على الأرض كأنّه يحمل هموم العالم بأسره على بطين قلبه، راوده شيء كالإغماء وليس بإغماء، أوداه متمدّدًا يكابد السهاد، فخرّ باكيًا لعلّ الدّمع يكنسُ الكابوس الذي لحقه، بكى قلبه بحرقةٍ كما لم يبك من قبل، ودمعت عيناهُ بغزارة.